KB002363

셰익스피어의 『햄릿』 읽기

세창명저산책_062

셰익스피어의 『햄릿』 읽기

초판 1쇄 인쇄 2018년 12월 21일
초판 1쇄 발행 2018년 12월 28일
_

지은이 백승진
펴낸이 이방원
기획위원 원당희
편 집 이미선·김명희·안효희·강윤경·윤원진·홍순용
디자인 손경화·박혜옥 **영 업** 최성수
_

펴낸곳 세창미디어
출판신고 2013년 1월 4일 제312-2013-000002호
주소 03735 서울시 서대문구 경기대로 88 냉천빌딩 4층
전화 02-723-8660 **팩스** 02-720-4579
이메일 edit@sechangpub.co.kr **홈페이지** http://www.sechangpub.co.kr/
_

ISBN 978-89-5586-556-1 02840

이 도서의 국립중앙도서관 출판시도서목록(CIP)은 서지정보유통지원시스템 홈페이지(http://seoji.nl.go.kr)와
국가자료공동목록시스템(http://www.nl.go.kr/kolisnet)에서 이용하실 수 있습니다. CIP제어번호: CIP2018042393

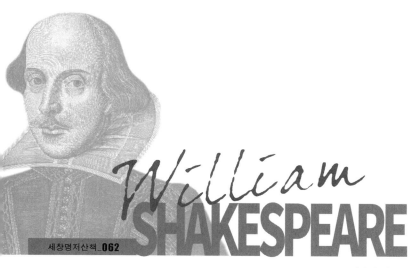

세창명저산책_062

William
SHAKESPEARE

백승진 지음

셰익스피어의 『햄릿』 읽기

세창미디어
MEDIA

머리말

    모든 세대는 윌리엄 셰익스피어의 『햄릿』을 통해 자신들의 삶의 모습을 되짚어 본다고 한다. 이 말은 『햄릿』이 인류의 보편적 가치를 작품 곳곳에 숨겨 두고 있다는 이야기일 것이다. 비평가와 연출가, 독자들은 보물찾기하듯 하나하나 숨어 있는 우리 삶의 이야기를 발견하면서 햄릿의 존재에 기쁨을 느끼기도 한다. 이 책은 이런 기쁨을 느끼는 데 조금이라도 도움이 되길 바라면서 집필되었다.

    다섯 편의 논문과 한 편의 작품 설명, 한 권의 책 내용 중 일부를 필자의 의도에 따라 편집하여 설명하려고 했다. 넓은 독자층을 고려해 쉽게 설명하려고 했는데, 여러 번 읽으면서 고민해야 할 내용도 있을 것 같다.

    첫 번째 장인 "햄릿과 오이디푸스 콤플렉스"에서는 1910년에 발표한 어니스트 존스의 논문 「The Oedipus-complex as an Explanation of Hamlet's Mystery: A Study in Motive」를 요

약, 설명했다. 존스는 프로이트의 정신분석학 이론을 햄릿에 적용하는데, 햄릿이 오이디푸스 콤플렉스로 고통받고 있다고 주장한다. 경쟁자인 자신의 아버지를 죽이고 엄마를 사랑의 대상자로서 아버지의 자리를 차지하기 위한 아들의 무의식적인 욕망을 햄릿이 가지고 있다는 것이다. 햄릿이 클로디어스에 대한 복수를 지연하는 이유가 클로디어스와 자신을 동일시하고 클로디어스의 죄책감을 공유하기 때문이라고 설명한다. 두 번째 장 「햄릿과 거트루드, 혹은 여왕의 양심Hamlet and Gertrude, or The Conscience of the Queen」은 로버트 M. 스미스의 1936년 논문으로 거트루드가 범한 죄의 속성과 범위를 자세히 설명하고 있다. 세 번째 장 「『햄릿』, 『오셀로』, 『리어왕』, 『태풍』으로 읽는 전쟁의 가치Values for the War in *Hamlet, Othello, King Lear,* and *The Tempest*」는 케네스 로의 1944년 논문으로 제2차 세계대전으로 이상을 잃고 현실을 직시하지 못하는 젊은 세대에게 현실 극복에 대한 지혜를 셰익스피어의 작품을 통해 이야기하고 있다. 네 번째 장의 「실존주의 햄릿」은 필자의 2005년 논문으로 로의 논문과 연결해 읽으면 도움이 될까 하여 순서에 포함시켰다. 햄릿을 사르트르의 철학으로 분석해 사회참여의 중요성을 이야기하고 싶었다. 다섯 번째 장인 「『햄릿』의 세계The World of Hamlet」는 메이나드 맥의 1952년 논문으로 『햄릿』의 세계는 불가사의와 수수께끼로 구성되어 있고, 햄릿은 이런 세계에서 고뇌하고 발버둥치지만 결국엔 희생을 치르더라도 있는 그대로 그의 세계를 받아들인다는 이야기를 하고 있다. 여섯 번째 장 "햄릿과 영웅"에서는 폴 A. 캔터가 2004년에 발간한 『셰익스피어: 햄릿Shakespeare: Hamlet』 중 르네상스 시대를 배경으로 영웅주의의 비기독교도 관념과 기독교 관념 사이에서 분열된 햄릿 묘사에 초점을 맞추어 설명했다. 일곱 번째 장 "햄릿의 관점과 주제"에서는 리차드 앤드류스가 편집하고 케임브리지 대학 출판사에서 2014년에 출판된 『햄릿』 텍스트에 첨부되어 있는 작품에 대한 설명서를 풀어서 이야기해 보았다.

다른 시대의 여러 글들을 모아 놓다 보니 형식면에서 기술적으로 통일된 모양을 갖추기가 쉽지 않아 최대한 원본의 특징을 유지하려 했다. 또 독자들에게 도움을 주기 위해 필자가 필요하다고 생각되는 정보는 각주에서 설명했다. 논문의 많은 부분을 생략한 경우도 있어 흐름이 매끄럽지 않을 수도 있고, 저자들이 사용한 『햄릿』텍스트에 대한 정보를 확인 못한 경우도 있어 출처를 명시하지 못하기도 했다.

| CONTENTS |

머리말 · 4

1장   햄릿과 오이디푸스 콤플렉스 · 11

2장   햄릿과 거트루드, 혹은 여왕의 양심 · 31

3장   『햄릿』, 『오셀로』, 『리어왕』, 『태풍』으로 읽는
      전쟁의 가치 · 51

4장   실존주의 햄릿 · 71

5장   『햄릿』의 세계 · 97

6장   햄릿과 영웅 · 127

    1. 햄릿과 르네상스 시대 · 127

    2. 햄릿의 비극 · 162

7장   『햄릿』의 관점과 주제 · 231

    1. 무엇에 관한 극인가? · 231

    2. 정치와 사회 · 235

    3. 복수와 복수극 · 242

    4. 광기와 우울증 · 244

    5. 죄와 구원 · 246

    6. 공연장에서 「햄릿」 · 250

1장
햄릿과 오이디푸스 콤플렉스

　어니스트 존스는 논문의 목적이 프로이트가 대략 9년 전쯤에 『꿈의 해석』에서 써놓은 각주 중 하나에서 제시한 가설을 설명하는 것이라고 밝히면서, 햄릿이 가지고 있는 특별한 문제는 정신분석을 하는 과정에서 나타나는 가장 빈번하게 되풀이되는 문제 중 일부와 아주 가까이 연관되어 있다고 주장한다. 『햄릿』의 주된 논의는 햄릿이 자신의 아버지를 죽인 살인자에게 복수하려는 과정에서 보여 주는 망설임의 원인을 밝히는 것이다. 그 원인에 대해서는 많은 연구 결과가 나와 있는데, 존스는 크게 세 개의 가설에 주목한다. 첫 번째 가설은 어떤 효과적인 행동을 실행하기에 어울리지 않는 햄릿의 성격으로 인하여 복수의 임무를 수행하기 힘들다는 것이다. 두 번째는 임무의 성격이 어느 누구도 수행하기가 불가능하다는 것이다. 세 번째는 임무의 성격 중에서 어떤 부분이 임무 수행을 특별히 어렵게 만들거나 햄릿에게 혐오감을 느끼게 한다는 것이다.

첫 번째 가설을 이야기해 보자. 괴테가 주장하기도 했는데, 햄릿은 기질적인 이유 때문에 근본적으로 어떠한 단호한 행동을 할 수 없다는 것이다. 이런 기질적인 이유들은 다양하게 묘사되고 있는데, 콜리지는 "과다한 사색 능력", 슐레겔은 "소심함이나 결단력의 부족을 감추기 위한 구실로서의 신중함", 피서는 "우울한 기질"로 설명한다. 괴테학파를 대표하는 관점을 보면 햄릿의 높은 지적 능력과 많은 동정심 때문에 햄릿은 어떤 질문에 대해 단순한 견해를 취할 수 없었고 항상 모든 문제에 대해 다양한 면과 가능한 해석을 생각했다. 누구에게나 예상 가능한 행동이 그에겐 명확하지 않은 듯했다. 그래서 실생활에서 햄릿의 회의론과 사색의 능력은 그의 행동을 마비시켰다. 따라서 햄릿은 의지력을 희생해 버린 과도한 지식을 소유한 전형적인 지식인을 대표하게 된다.

햄릿이 행동으로 옮기지 못하는 원인에 대한 이러한 견해에 세 개의 반대 의견이 있는데, 하나는 일반적인 심리학적 고찰에 기반하고, 나머지는 극 내용에서 볼 수 있는 객관적 사실에 근거한다. 먼저 회의론은 행동을 유발하는 데 실패하기보다는 어떤 전통적인 것들에 대한 집착의 결여를 초래한다. 임상심리학에 관심이 있는 학생이라면 행동력에 있어서의 일반적인 약화는 지적인 회의론보다는 언제나 다른 원인, 즉 비정상적이고 무의식적인 콤플렉스의 작용에 기인한다는 것을 알고 있다. 햄릿의 의지 상실을 아버지의 죽음과 엄마의 부정과 같은 기질과는 직접적인 관계가 없는 원인들로부터 찾으려는 시도 역시 효과적이지 않다. 정신병리학에서 이미 그런 종류의 슬픔이 햄릿의 상황을 설명하기에는 그 자체로 매우 부적당하다는 것을 입증했기 때문이다.

기질적인 이유 때문에 햄릿이 근본적으로 어떠한 단호한 행동을 할 수 없다는 가설이 부적절하다는 명확한 증거들은 작품 속에서도 찾아볼 수 있다. 먼저 논의되고 있는 햄릿의 임무는 차치하고라도 햄릿이 무척 결단력 있는 인물이라고 믿을 만한 이유가 있다. 폴로니어스를 죽일 때 그는 충동적일 뿐만 아니라, 길덴스턴과 로젠클란츠의 죽음을 준비하는 과정에서 볼 수 있는 것처럼 계획적일 수 있다는 것이다. 햄릿은 커튼 뒤에 숨어 있는 염탐꾼을 칼로 찌를 때, 해적들과 싸울 때, 레어티즈와 무덤 안으로 뛰어들 때, 레어티즈와 펜싱 경기를 수락할 때, 혹은 아버지의 유령을 뒤따를 때에는 전혀 주저하지 않는다. 유령을 만나려는 그의 결심에서도 결단력의 결여는 역시 보이지 않는다.

"나는 유령에게 말을 하겠어, 비록 지옥이 열리면서
나에게 조용히 하라고 말할지라도,"

호레이쇼가 그를 잡을 때도 소리치며

"나를 막지 마라!
누구든 나를 방해하면, 살려 두지 않겠다,
썩 비켜서라!"

위의 예시를 볼 때 햄릿의 성격으로 규정되었던 우유부단함의 징표는 찾아볼 수 없고, 반대로 복수의 경우에 있어서는 예외적이지만 도덕적 용기나 물리적 용기를 보여 주는 데 결코 실패하지는 않았다. 다음으로 햄릿의 태도는 그 임무를 자신이 감당할 수 없다고 느끼는 사람의 태도는 아니다. 차라리 무슨 이유로 인해 자신의 분명한 의무 수행을 할 수 없는 사람의 태도다. 커다란 그림은 괴테가 묘사한 것처럼 거사에 부서진 한 온순한 사람의 모습이 아니라 미스터리한 억압에 의해 고통 당하는 한 강인한 남성의 모습이다.

두 번째 관점을 이야기해 보면, 임무 그 자체의 어려움이 임무를 실행할 수 없는 유일한 이유가 된다. 이러한 관점은 처음에 플레처에 의해 제기되었으며, 클레인과 버더에 의해 각각 따로 발전되었다. 내용인즉 아무리 결단력이 있다 하더라도 임무에 내재된 외부적인 어려움들이 너무나 거대해서 그 누구라도 단념하게 된다. 클레인과 버더는 햄릿의 복수의 본질은 살인자인 클로디어스를 살해해야 하는 것뿐만 아니라 국민들로 하여금 그가 죄인임을 깨닫게 하는 것이라고 주장한다. 논의를 좀 더 자세히 설명해 보면, 클로디어스의 죄는 무시무시하고 비정상적이어서 명확한 증거에 의해 뒷받침되지 않으면 믿을 수 없는 사건이 되어 버린다. 만일 햄릿이 단순하게 자신의 숙부를 살해하고, 증거도 없이 형제 살해범에게 복수하기 위해 그를 죽였다고 선포했다면 자신이 왕이 되기 위해 숙부를 살해했을 뿐만 아니라, 명예를 더 이상 지킬 수 없는 사람의 기억에 오점을 남기려 한다고 국민들은 분명히 그를 향해 항의했을 것이다. 이것은 오히려 클로디어스를 더 깨끗하게 만들 수 있어서 복수는 좌절된다. 즉, 햄릿을 단념시키는 것은 행동 그 자체의 어려움이라기보다는 필연적으로 행동에서 비롯될 상황의 어려움 때문이다.

버더의 이 관점에 대한 헌신 덕분에 롤프, 코슨, 퍼니스, 허드슨, 할리웰-필립스와 같은 비평가들이 이 견해에 동조했지만, 톨먼, 뢰닝, 헤블러, 리벡, 브래들리, 바움가르트, 불다우푸트와 같은 비평가들에게는 반박을 받았다. 먼저 이 가설을 뒷받침하기 위해 두 가지 면에서 임무는 실제 경우보다 좀 더 어려운 것처럼 설정되었다. 첫 번째로 단어가 가져다주는 일반적인 의미로서의 단순한 복수가 아닌 다소간 법으로 판단해야 할 복잡한 상황으로 가정된다. 두 번째로 외부의 방해물들에 대한 중요성이 과장된다. 복수의 이러한 의미 왜곡은 전혀 근거가 없고 극의 내용에서도 찾아볼 수 없다. 햄릿은 자신이 법적으로 지명된 처벌의 집행자라는 것을 결코 의심하지 않았다. 그리고 극의 마지막 부분에서 비록 백성들이 복수라는 그 살해에 대해 납득은 물론이고 소식조차 전혀 듣지 못했을지라도, 햄릿이 자신의 복수를 수행했을 때, 그 극적인 상황은 제대로 해결된다. 법원에서 숙부의 유죄를 입증하기 위한 증거를 확보하는 것은 사건의 본질상 불가능했다. 그리고 어떤 비극적 상황도 그 불가능한 상황을 실현시켜 보려는 시도로부터 발생할 수 없고, 관객의 흥미도 이런 명백한 일방적인 흐름으로는 유발될 수 없다. 외부 상황도 마찬가지로 가설의 필요를 위해 왜곡되었다. 어떤 상황에 있어서 백성들이 누구 편에 서 있는지는 폴로니어스를 죽였음에도 불구하고 햄릿을 감히 처벌하지 못한 클로디어스가 잘 알고 있다(4막3장). 즉, 백성들이 햄릿을 사랑하고 있다는 것을 클로디어스는 확신하고 있었다.

　"우리는 그를 감옥에 처넣을 수 없어.
　백성들이 그를 사랑해,
　그들은 이성이 아니라 겉모습을 보고 판단하기 때문이지."

　백성들이 클로디어스에게 어렵지 않게 저항하는 모습을 폴로니어스가 죽은 후에 볼 수 있다. 레어티즈는 복수를 위해 백성들과 함께 성에 들어오는데, 왕이 레어티즈에게 자신의 결백함을 확인시키지 않았다면 레어티즈의 복수는 신속하게 진행됐을 것이다. 클로디어스에 대한 충성심이 깃털같이 가벼운 "충성심 없는 덴마크의 개들"인 백성들은 레어티즈를 왕으로 환영하면서, 심지어 그 살인이 사실이 아님에도 불구하고 어떤 증거도 없이 살인의 동기도 따져 보지 않고 자신들의 왕을 살인범으로 쉽게 믿어 버린다.
　이 극이 외부 환경의 어려움 때문에 복수가 지연된다고 해석할 수 없는 가장 확실한 증거는 자신의 임무에 대한 햄릿의 태도다. 햄릿은 극복해야 할 외부 환경이 발생하게 마런인 뚜렷한 임무를 직면하고 있는 사람으로 행동하지 않는다. 극복해야 할 상황이라면 햄릿은 처음부터 자신을 믿고 있는 호레이쇼나 다른 친구들과 계획을 세워 외부 환경의 어려움을 극복할 수 있었을 것이다. 그러나 햄릿은 외부 상황에 대처할 어떤 시도는커녕 언급조차 하지 않는다. 따라서 외부 상황을 고려해 볼 때 그 임무는 가능한 것이라는 결론을 내릴 수 있다.

햄릿이 활동력 있는 인물이라면 그리고 그 임무가 성취 가능한 일이라면, 햄릿이 그 임무를 이행할 수 없는 이유는 무엇일까? 햄릿의 우유부단함에는 아직까지 생각해 보지 못한 어떤 원인이 있을 것이다. 그 원인이 행동으로 옮기는 데 있어서 그의 무능력도 아니고, 논의되고 있는 임무의 특별한 어려움도 아니라면, 그렇다면 그 원인은 필연적으로 세 번째 가능성에 있다. 즉, 그 임무의 어떤 특별한 면이 햄릿을 불쾌하게 만들고 있는 것이며, 햄릿은 진정으로 그 임무의 수행을 원치 않는다는 결론을 내릴 수 있다.

햄릿의 우유부단함은 한편으로 자신의 임무를 수행해야 할 필요성과 다른 한편으로 그 임무를 수행하는 데 반감이 생기는 어떤 특별한 이유 사이의 내부 갈등이 원인이 될 수 있다. 여기에 더해 그 반감의 원인을 햄릿이 드러내지 못하는 것은 그가 원인의 본질을 의식하지 못하고 있다는 것이다. 햄릿이 자신도 의식할 수 없는 내부 갈등으로 고통받고 있는 상황은 충분히 설명될 수 있다. 극에서는 자신의 의무가 무엇인지 분명히 알고 있지만 기회가 있을 때마다 의무를 회피하면서 결과적으로 심한 후회를 하고 있는 한 남자의 모습을 뚜렷이 볼 수 있다. 제임스 페제트 경의 유명한 히스테리성 마비에 대한 묘사를 바꿔 말해 보면, 햄릿의 지지자들은 그가 자신의 의무를 수행할 수 없고, 햄릿을 부정적으로 바라보는 사람들은 그가 자신의 의무를 수행하지 않을 것이라고 하지만, 사실 햄릿은 자신의 의무를 수행할 의지가 없다. 이런 의지력 결여는 자신의 숙부를 살해해야 하는 문제에만 국한되어 있는데, 이것은 "구체적인 의지 상실"이라 불린다. 분석 결과, 실제로 이런 구체적인 의지 상실은 수행될 수 없는 행동에 대한 무의식적인 거절·혐오에 기인하는 것으로 증명된다. 즉, 의식적인 사고가 그에게 해야 한다고 하지만 그것을 할 수 없을 때, 그것은 어떤 이유로 하길 원치 않기 때문이다. 그는 자신에게 그 이유를 인정하지 않을 것이고 의식하고 있다 해도 아주 희미할 것이다.

햄릿이 주저하는 이유는 심각한 사고 활동을 통해 도출된 것들이 아니며, 계속해서 상황에 따라 변한다. 어떤 사람이 자신이 한 행동에 대해 때에 따라 다른 이유를 가지고 있다면, 의도적이든 아니든 그는 진실된 이유를 감추고 있다고 말할 수 있다. 그의 심각한 우울증, 세상과 삶의 가치에 대한 희망없는 태도, 죽음에 대한 두려움, 계속되는 나쁜 꿈에 대한 언급, 자책, 자신의 의무를 떨쳐 버리고자 하는 필사적인 노력, 자신의 반항적인 태도에 대한 변명을 찾기 위한 헛된 노력과 같은 햄릿의 행동을 보면, 이것은 분명히 자신의 의무를 회피하려는 자신에게 감히 인정하지 못하는 혹은 인정할 수 없는 어떤 감춰진 이유가 있다는 것을 말한다.

위 내용에 이어서 존스는 지난 20년 간 프로이트와 그의 학파에 의해 수행된 정신 분석 연구에 대한 결과를 이야기해 주는데, 어떤 종류의 정신 작용이 다른 정신 작용보다 더 억압되는 경향이 있다는 학문적인 정보를 알려 준다. 그리고 간단히 윤리적인 면을 언급해 보면, 무의식적인 불안에 의해 억제된 복수라는 햄릿의 자연적인 본능은 현실을 무시한 가설이다. 왜냐하면 존스에 의하면 이런 종류의 불안은 사실 의식할 수 있기 때문이다. 햄릿의 자기 성찰로 충분히 그러한 윤리적 불안감을 의식할 수 있다는 것이다.

자신의 복수 대상인 클로디어스와 그가 범한 죄에 대한 햄릿의 태도를 살펴보자. 여기에는 두 개의 죄가 있다. 클로디어스와 여왕의 근친상간, 그리고 그의 형 살해가 있다. 이 두 죄를 대하는 햄릿의 태도에 근본적으로 차이가 있다는 것을 지적하는 것은 중요하다. 물론 두 사건을 햄릿은 모두 혐오하지만 내부에 좀 더 깊이 혐오하는 사건이 있다. 클로디어스의 아버지 살해는 그에게 분노를 일으키고 명백한 복수의 의무를 일깨우는 반면, 엄마가 저지른 행위는 가장 강렬한 두려움을 일깨운다. 숙부를 향한 햄릿의 태도는 단순한 혐오나 저주가 아니다. 숙부는 단순히 하나의 죄를 범한 게 아니라, 두 개의 죄를 동시에 범했다. 두 죄의 상호 관계와 범인이 친척이라는 사실이 햄릿을 더욱 혼란스럽게 만들고 있다.

엄마의 간통과 숙부와의 성급한 재혼이 햄릿에게 미치는 영향을 살펴보아야 한다. 햄릿은 아버지가 살해당했다는 것을 알기 전에 아주 심한 우울증을 겪고 있었는데, 1막2장의 햄릿 독백에서 알 수 있듯이 이것은 명백히 엄마의 간통 때문이다. 그런데 햄릿은 우울증이라고 말할 수 있는 자신의 정신적인 힘든 상황의 진짜 원인을 의식하지 못하고 있다. 다른 깊은 원인이 있을 것이라 생각한다. 존스에 따르면 성급한 재혼이란 현실에서는 일반적인 상황으로 햄릿이 겪고 있는 그런 결과로 이어지지 않는다. 왜 엄마의 성급한 재혼이 이런 엄청난 결과를 야기했는가에는 좀 더 다른 숨겨진 이유가 있다. 엄마의 재혼이 햄릿의 의식에 억압되어 있던 정신 작용을 활성화했다는 것이다. 만일 햄릿이 엄마의 재혼 소식에 비정상적인 정신 상태에 빠졌다면, 그것은 그 소식이 너무나 고통스러워 의식할 수 없는 어떤 잠자고 있던 기억이 활성화되었기 때문이다.

자신이 받아들일 수 없는 깊은 곳에 있는 이유 때문에 햄릿은 엄마의 사랑을 받는 데 있어서 자신의 아버지가 다른 사람에 의해 대체되었다는 생각에 고난과 격정에 빠지게 된다. 엄마를 너무나 좋아한 나머지 엄마의 애정에 대한 질투를 느끼게 되고, 심지어 그는 자신의 아버지와 그 애정을 공유하는 것이 어렵다는 것을 느꼈고, 계속해서 다른 남자와 그 애정을 공유하는 것을 견딜 수 없었을 것이다. 이 논리에는 세 가지 반대 의견이 있을 수 있다. 먼저 논리가 그렇다면 햄릿은 어렵지 않게 질투를 인식하게 되었을 것이고, 우리는 찾고 있던 정신 작용이 햄릿 내부에 숨겨져 있다는 결론을 내리게 된다. 두 번째로 우리는 햄릿으로부터 오래되고 잊혀졌던 기억이 분출됐다는 증거를 찾아볼 수 없다. 세 번째로 여왕과의 애정 공유 문제에 있어서 햄릿은 자신의 아버지와 비교해 볼 때 클로디어스로부터 엄마의 애정을 더 많이 박탈당하지는 않는다(왜냐하면 이 점에 있어서 두 형제는 자신들이 비슷하게 주장하기 때문이다). 그러나 마지막 반대 의견을 통해 상황의 핵심을 들여다볼 수 있다. 만일 햄릿이 자신의 아버지와 엄마의 사랑을 공유해야만 한다는 사실에 오랜 세월 분개해 왔고, 따라서 아버지를 경쟁자로 여기면서 아버지가 사라지면 엄마의 사랑을 독차지할 수 있다는 생각을 비밀리에 품어 왔다면 어떨까? 이런 생각을 어린 시절에 갖고 있었다면 이런 바람은 자식으로서 부모와의 관계나 다른 교육의 영향에 의해 점차적으로 억압되어 기억의 흔적에서 사라졌을 것이다. 그러다가 아버지가 죽었을 때 자신이 어린 시절에 품었던 바람을 인식하게 되고, 그 인식이 이들의 억압되었던 기억을 자극해서 활성화되고, 어린 시절에 겪은 갈등의 아련한 후유증으로 우울증과 함께 다른 고통의 형태를 경험할 수 있다.

프로이트에 따르면, 엄마라는 존재는 자신의 아들을 유혹하는 첫 번째 여자이다. 엄마가 보여 준 사랑이 과도할 때, 그 사랑은 아이 삶의 늦은 시기까지 영향을 미친다. 눈을 뜬 열정이 진행되면서 "억압"을 거의 경험하지 않는다면, 남자아이는 자신의 엄마에게 비정상적으로 매여 살아가면서 어떠한 다른 여성도 사랑할 수 없게 된다. 독신의 일반적인 원인이기도 하다. 엄마에 대한 구속이 심하지 않다면, 점차 이 구속으로부터 벗어나게 된다. 그런데 이 경우 엄마로부터의 멀어짐이 완전하지 못해서 오직 엄마를 닮은 여성에게만 사랑에 빠지게 되는 일이 종종 발생할 수도 있는데, 이런 경우 친척 사이의 결혼 원인이 된다. 엄마에 대한 애정 감정이 강력하게 "억압되어" 있고 수치심이나 죄와 결부되어 있을 때, 그에 대한 기억이 완전히 잠수해 있어서 그것을 되살리거나 이것과 비슷한 감정, 즉 반대 성에 대한 애정 관계를 경험하는 것이 불가능하게 된다. 이런 상황은 여성 혐오로 이어진다.

경쟁자인 아버지를 향한 태도는 "억압된" 감정의 정도에 따라 달라진다. 만일 정도가 가볍다면, 아버지에 대한 자연스러운 분노는 나중에 다소간 공공연하게 명백해져서 원인이 인식되지는 않지만 반항으로 표면화된다. 그러나 그 "억압"이 좀 더 강렬하다면, 아버지에 대한 적개심은 감춰지는데, 이때 이것과 반대되는 감정이 형성되어 표출된다. 즉, 과장된 관심이나 아버지에 대한 존경, 건강에 대한 과도한 염려와 같은 감정은 사실과는 전혀 다른 관계를 완전히 은폐하게 된다. 부모에 대한 아들의 태도는 소포클레스의 비극을 통해 구체화되었으며, 이와 관련된 정신 작용은 "오이디푸스 콤플렉스"로 알려져 있다.

위의 이론을 햄릿 문제와 연관시켜 보자. 어린 시절 햄릿은 엄마로부터 극진한 애정을 경험했고 여기에는 다소간의 에로틱한 부분이 있었다. 여왕의 기질에는 두 가지 특징이 있는데, 그녀의 두드러진 관능적인 기질과 아들에 대한 열정적인 애정이 이러한 내용을 확실하게 한다. 여왕의 관능적인 기질과 아들에 대한 열정적인 애정은 극을 통해 잘 드러나 있다. 그런데 햄릿은 여왕으로부터 거리를 두는 데 어느 정도 성공을 해서 오필리어에 대한 햄릿의 정확한 감정은 불명확하지만 그녀와 사랑에 빠진 듯 싶다. 오필리어의 순수한 신앙심이나 순종적인 성격, 단순성과 같은 개성이 여왕의 성격과 극을 이루고 있는데, 오히려 이런 특징들이 여왕을 생각나지 않게 해서 자신도 모르게 오필리어를 선택했을 수도 있다.

아버지의 죽음과 엄마의 재혼 이야기로 돌아가 보자. 자신의 엄마의 애정을 차지하는 데 있어서 아버지의 자리를 차지하고 싶은 오래된 억눌린 욕망이, 한때 자신이 그렇게 하기를 바랬던 것처럼 정확하게 그 자리를 탈취한 누군가의 모습에 의해 무의식적으로 활성화되었다. 게다가 이 누군가가 같은 가족의 구성원이어서 근친상간이라는 면에서 발생한 탈취는 상상했던 사건과 더욱 유사하다. 이것을 인지하지 못한 채, 이 오래된 욕망이 마음속에서 맴돌면서 표면화되려 하고 욕망을 다시 억압하려는 과정에서 햄릿 자신이 스스로 묘사하는 힘든 정신 상태를 경험하게 된다. 그리고 이런 상황에서 유령의 살해 이야기를 듣고는 분노하며 대답한다(1막5장29-31).

> "살인에 대해 서둘러 말해 보세요
> 그래야 사랑에 빠지는 것보다 더 빠르게
> 복수를 할 수 있으니까요."

마침내 정욕을 실천한 친척이 살인범으로 드러난다. 따라서 햄릿의 두 번째 바람도 숙부에 의해 실현되었다. 아버지의 죽음과 엄마의 재혼, 최근의 두 사건이 사람들에게는 인과 관계가 없어 보이지만, 햄릿의 무의식적 환상에서는 오랜 세월 가깝게 연결되어 있었던 개념이다. 이런 개념이 "억압하는" 힘에도 불구하고 이제 순식간에 의식적으로 인지화된다. 그래서 곧바로 "그럴 줄 알았지! 숙부가?"라고 외치게 된다.

숙부에 대한 햄릿의 태도는 생각보다 훨씬 복잡하다. 햄릿은 물론 숙부를 증오하지만 이것은 성공한 동료를 향한 어떤 악한의 질투 섞인 증오이다. 햄릿이 숙부를 증오하지만, 그가 엄마를 나무랄 때와 같은 끓어오르는 분노로 숙부를 결코 비난할 수 없다. 그가 숙부를 격렬하게 비난하면 할수록 더 강력하게 그는 그 자신의 무의식적이면서 억압된 콤플렉스를 활성화시키게 되고, 따라서 햄릿은 딜레마에 빠지게 된다. 한편으로 숙부에 대한 자연스런 증오의 감정을 발산해서 그 자신의 끔찍한 바람을 의식하게 하느냐와 다른 한편으로 명백한 의무로서 자신에게 주어진 복수에 대한 긴급한 요청을 무시하느냐 사이의 딜레마에 빠져 있다. 햄릿은 숙부의 악을 비난하는 데 있어서 그 자신의 악을 먼저 깨달아야 한다. 아니면 계속해서 자신의 악을 "억누르는 데" 있어서 숙부의 악을 무시하거나, 눈감아 주거나 그리고 가능하면 잊으려고 노력해야 한다. 햄릿의 도덕적 운명은 좋든 나쁘든 숙부의 도덕적 운명과 밀접한 관련이 있다. 숙부를 살해해야 하는 의무의 요청은 첫 남편이

건 두 번째 남편이건 엄마의 남편을 살해해야 하는 자신의 본성의 요청과 연관되어 있어서 실행될 수 없다. 엄마의 남편을 살해 하라는 자신의 요청은 강력하게 "억압되고", 따라서 숙부를 살해하라는 의무의 요청도 역시 필연적으로 억압된다.

2장
햄릿과 거트루드, 혹은 여왕의 양심

콜리지는 자신의 『셰익스피어에 관한 주석과 강의』에서 "셰익스피어는 여왕의 성격을 깔끔하게 해결하지 못했다. 그녀는 형제 살해를 알고 있었을까 아니면 몰랐을까?"(33)[1] 라고 불만을 토로한다. 비평가들 사이에서 계속되는 혼란과 불확실로부터 판단하건대, 그 질문은 "여왕 거트루드 죄의 속성과 범위는 무엇인가?"로 확장할 필요가 있다. 저자인 스미스는 햄릿 비평에 있어서 이 오래된 질문에 대한 어

---

1   S. T. Coleridge, *Coleridge's Shakespearean Criticism Vol. I*, Ed., T. M. Raysor, London, 1930.

떤 합의가 이루어지지 않는다면, 세계에서 가장 인기 있는 비극의 적절한 해석은 불가능하다고 이야기한다.

극의 내용을 따라가다 보면 여왕에게 "성급한 결혼", "근친상간", "간통", "살해"와 같은 네 개의 혐의를 생각해 볼 수 있다. A. C. 브래들리, E. E. 스톨, W. W. 로렌스, J. Q. 아담스, J. D. 윌슨은 살해에 대해선 여왕의 무죄를 주장하지만, 나머지 세 개의 혐의에 대해선 유죄라는 입장을 취한다. 반면에 W. 켈러와 B. A. P. 반 담은 성급한 결혼과 근친상간에 대해서만 유죄를 인정한다. H. M. 존스는 성급한 결혼에 대해선 변명을 해 주고 간통에 대해선 얼버무리려 한다. M. 보뎅은 종종 간과하는 또 다른 요점을 전혀 염두에 두고 있지 않은 많은 비평가들 중 하나이다. 그 요점이란 햄릿이 여왕에게 살해의 혐의를 두고 있다는 것이다. 그래서 햄릿이 왕의 본심을 알아내기 위해 독살로 시작하는 「쥐덫」의 마지막 부분을 계획했던 것처럼, 「쥐덫」의 첫 부분은 엄마의 결백과 살해에 대한 죄책감을 주로 알아보기 위해 의도되었다. 이런 상반되는 비평가들의 의견을 다양한 각도에서 접근해 거트루드에게 주어진 혐의를 정리해 보겠다.

첫 번째 혐의인 성급한 결혼에 대해서 이견은 없고 있을 수도 없다. 햄릿의 "한 달도 되기 전에, 아니 [아버지 장례식에서 신었던] 신발이 닳기도 전에"(1.2.147)라는 대사에서, 셰익스피어는 유령이 햄릿에게 나타나기 전에 햄릿이 거트루드와 클로디어스의 "터무니없이 빠른" 결혼을 생각할 때마다, 슬픔과 외로움에 억눌린 햄릿의 상상력은 "가치가 없다"[2]는 점을 명확히 한다. 햄릿은 클로디어스가 왕을 살해했다는 생각은 하지 않고 있었다는 이야기다. 여왕의 침실 장면(3.2.91-94, 182-184)에서 햄릿이 여왕에게 퍼붓는 비난처럼 성 관계가 역겹게 묘사된 장면은 없다. 클로디어스와 자신의 엄마의 결혼이 햄릿에게는 가장 견디기 힘든 역겨움과 환멸이었다. 일찍이 2막2장에서 성급한 결혼에 대해 양심의 가책을 표현하는 거트루드 그녀 자신도 자신의 결혼이

---

2 3막2장에서 햄릿이 호레이쇼에게 극중극이 시작하기 전에 극이 진행되는 동안 클로디오스를 잘 살필 것을 주문하면서 클로디오스의 숨은 죄악이 드러나지 않을 경우, 유령은 악귀일 것이며 클로디어스가 선왕의 살해범이라는 자신의 상상은 "쓸모가 없었다(as foul as Vulcan's stithy)"는 이야기를 한다.

햄릿이 보여 주는 광기의 원인일 수 있다는 점을 암시한다.

　아버지의 죽음과 우리의 조급한 결혼,

　이게 바로 이유겠죠. (2.2.56-57)

　존스 교수는 클로디어스가 추문 없이 진행될 수 없었던 음모를 합법화하고, 또한 거트루드에 의해 명예로운 일을 하고 있었다고 변명하듯이 주장하는데, 저자인 스미스는 거트루드도 이 점은 분명히 인정한다고 주장한다.

　두 번째 혐의는 이 결혼이 근친상간으로, 그래서 두 배로 죄질이 심하고 혐오감을 주는데 햄릿과 유령이 반복적으로 이 사실을 강조한다. 존스 교수는 오직 햄릿만이 반대한다고 주장하지만, 이것은 잘못된 주장이다. 유령도 햄릿의 "근친상간의 잠자리" 언급에 따라 자신의 감정을 표출한다.

　아, 근친상간을 하는, 저 더러운 짐승. (1.5.42)

　…

　덴마크 왕의 침대를

저주받은 근친상간의 둥지로 만들지 마라. (1.5.82-83)

근친상간에 대한 현대 생물학적 정의가 어떻든 간에 클로디어스와 거트루드의 관계는 천주교나 개신교의 교리에 따르면 근친상간이었다. 근친상간은 일곱 개 죄악 중의 하나이다. 오직 어떤 특별한 허가만이 클로디어스와 거트루드의 결혼을 가능하게 할 수 있으리란 걸 인식하고 있는 존스 교수는 클로디어스가 허락을 받았다고 생각한다. 즉, 성직자와 궁정과 왕국으로부터 허락을 받아 성급하지만 법적으로 인정된 결혼을 했다는 것이다. 근친상간에 대한 이런 교묘한 발뺌은 물론 극 중에서 어떤 증거가 있어야 하지만 유령도 햄릿도 이런 특별 허가에 대해선 듣지 못했다.

세 번째 혐의인 간통은 유령이 말해 줄 때까지 햄릿은 모르고 있었다. 존스 교수도 이 점에 대해선 의심하지 않는다. 유령은 클로디어스를 근친상간뿐만 아니라 간통을 저지른 짐승이라 부르는데, 자신의 동생이 자신의 여왕을 유혹했다고 분명히 말한다.

달콤한 말과 화려한 선물로

그는 겉보기에는 고결한 나의 여왕을 유혹했지.

그녀를 설득해서 그의 정욕에 굴복하도록

그녀를 유혹하기 위한 사악한 말과 선물로 말이다. (1.5.43-46)

  그러나 반 담은 엘리자베스 시대와 셰익스피어가 사용
하는 "간통"이라는 단어는 부부생활을 하는 데 부정한 짓
을 했다는 의미보다는 정숙하지 못하거나 외설스럽다는 것
을 의미했다고 주장한다. 따라서 단순히 자기와 결혼하도
록 거트루드를 설득하는 과정에서 클로디어스는 그녀를 유
혹해서 정욕에 빠지게 하고 근친상간을 하게 됐다. 불행하
게도 반 담은 클로디어스가 그의 정욕에 따라 나의 **겉보기
에 도덕적인** 여왕을 얻었다고 유령이 말한 사실을 놓쳤다.
만일 여왕의 첫 번째 남편이 그가 살아 있는 동안 클로디
어스가 자신의 부인을 정욕에 사로잡혀 유혹했다는 사실
을 모르고 있었다면, 거트루드는 그녀의 첫 번째 남편으로
부터 위선자로 보일 수는 없었을 것이다. 저자인 스미스는
오래된 햄릿 이야기[3]가 이 점을 명쾌하게 해 준다고 주장한

다. 심지어 팽고[4]는 "손에 피를 묻히거나, 혹은 자신의 형을 죽이기 전에도, 그는 계속해서 그의 부인을 성적으로 폭행했었다." 그녀의 첫 번째 남편이 살아 있을 때도, 거루스[5]의 수치스러운 행동은 "많은 남자들로 하여금 그녀가 그 살해의 원인이었고, 때문에 제재 없이 간통을 해 왔다고 생각하게 만들었다." 또 다른 죄로 햄릿은 더 깊은 우울에 빠지게 된다. 이제 햄릿 "가장 사악한 여자로" 자신의 엄마를 통렬히 비난한다. 엄마를 해하지 말라는 유령의 진지한 권고에도 불구하고, 햄릿은 극중극 장면에서 그녀를 철저히 관찰할 것을 고집하고, 침실 장면에서도 그녀를 계속해서 나무란다.

정숙함을 버리고,

미덕을 위선으로 바꾸고,

---

3 12세기에 쓰여진 삭소 그라마티쿠스(Saxo Grammaticus, 1160년경-1220년경)의 『덴마크 역사*Historiae Danicae*』에 나오는 이야기로 셰익스피어의 『햄릿』에 틀을 제공해 주었다는 주장이 있다.

4 『햄릿』에서의 클로디어스 역할.

5 『햄릿』에서의 거트루드 역할.

진정한 사랑을 하는 얼굴 위의 꽃을

불쾌한 오점으로 대신하고,

결혼의 서약을 도박꾼의 맹세로

만들어 버린 짓을 했습니다.

진정한 결혼의 영혼을 저버리고,

결혼 맹세를

헛소리로 만들어 버렸어요. (3.4.40-48)

…

오, 수치여, 너는 왜 부끄러워하지 않는가?

저주 받은 욕정이 늙은 엄마의 뼛속을 자극한다면,

내 뼈도 녹아 흐르게 하라,

충동적으로 행동하는 것은 더 이상

부끄러워 할 일이 아니구나,

노인들이 그렇게 하고 있고,

이성이 정욕의 노예가 됐기 때문이지. (3.4.82-88)

햄릿의 이 말은 엄마의 정숙하지 못한 점과 그녀의 욕정에 대해 정곡을 찌르고 있는데, 결혼 서약을 위반하고 결혼의 종교적 의미를 파기했다는 점을 암시하고 있다. 결국 간통을 인정하고 있다는 것이다. 더욱이, 거트루드는 이러한 비난을 사실이라 고백한다.

> 오 햄릿, 그만하거라.
> 너는 바로 내 영혼을 보게 만드는구나,
> 죄의 흔적이 너무 깊고 수치스러워
> 씻어 낼 수가 없구나. (3.4.88-91)

심지어 유령이 햄릿에게 "엄마를 돌보고 고통을 느끼지 않도록 해라"고 말한 후에도 햄릿의 비난은 그녀로부터 두 가지 약속을 받아 낼 때까지 계속된다. 즉, 클로디어스와의 육체적 관계를 그만두고 자신이 미친 역할을 하고 있다는 것을 그에게 비밀로 하라는 것이다. 그 후에 햄릿은 호레이쇼에게 왕이 "나의 엄마를 매춘부로 만들었다"(5.2.64)고 말한다. 거트루드의 간통죄를 더 이상 의심해서는 안 된다는 것이 스미스의 주장이다.

오래전 1856년에 C. 소에임스는 그때까지 여왕의 살인죄에 대한 가장 꼼꼼한 연구를 했다. 콜리지는 단지 그녀가 살인에 대해 알고 있었을까에 관한 질문을 제기했지만, 다우든과 허포드 등 다른 학자들은 그녀에게 공범의 혐의를 두고 있다. 첫 번째 사절판(1603)에서 햄릿이 그녀의 첫 번째 남편을 죽였다고 그녀를 비난할 때 그녀는 맹세한다.

하늘에 두고 맹세컨대,
난 이 너무나 끔찍한 살인에 대해 결코 아는 바가 없다.

그러나 두 번째 사절판(1604)과 첫 번째 이절판(1623)에서 그녀는 햄릿의 비난에 놀라 소리 지른다.

햄릿: 나쁜 일입니다, 선하신 어머니. 왕을 죽이고 그의 동생
과 결혼했죠.
여왕: 왕을 죽여?

엄마의 간통 사실을 간파했을지라도, 또한 햄릿은 엄마가 살인의 공범인지는 확신하지 못하고 있다는 점을 알고

있어야 한다. 소에임스가 주장하기를, "편견을 가지고 있는 햄릿이 자신의 엄마 죄를 과장하고, 그녀의 부정을 알고도 햄릿이 살인죄에서 그녀를 자유롭게 할 때 오는 우울한 공포를 계속 품고 있어야 하는 것은 매우 자연스런 일이다"(18).[6] 유령은 그런 비난은 하지 않았다. 즉, 햄릿에게 그녀가 죄가 있는지 없는지에 대한 어떤 증거를 제시하지 않았다. 다만 그녀에게 해를 입히지 말도록 엄중히 충고했을 뿐이다. 클로디어스의 살인죄는 복수를 해서 죽음으로 갚아야 하고, 거트루드의 간통죄는 깊이 묻혀 있지만 사라지지 않을 양심의 가책으로 보상받아야 한다. 그녀가 자신의 죽음에 관여했었더라면 유령은 줄곧 극에서 자신의 여왕에게 왜 그렇게 배려심을 보였을까?

그러나 유령의 진실성에 대한 계속되는 의심 속에서, 햄릿은 복수에 전념하는 대신에 클로디어스뿐만 아니라 여왕도 살인에 죄가 있는지 밝힐 필요성을 느낀다. 극중 여왕의

---

6   C. Soames, *Hamlet, An Attempt to Ascertain whether the Queen were an Accessory before the Fact, in the murder of her First Husband*, London, 1856.

대사는 이 목적을 위해 신중하게 만들어졌다. 부정에 대한 주제가 반복적으로 강조되지만 살해에 대한 혐의도 두 번이나 암시되고 나중에 내실 장면에서는 공개적으로 언급된다. 모든 경우에서 "죽이다"라는 단어를 강조한다.

> 극중 여왕: 두 번째 남편을 얻으면 나를 저주하세요.
> 여자가 두 번째 남편을 얻을 때는 첫 남편을 죽였기 때문입니다. (3.2.191-192)

윌슨이 지적하는 것처럼, "내용은 주의 깊게 여왕에게 향하고 있다. 살인 가능한 자로서 암시되는 사람은 두 번째 남편이 아니라 부인이다"(189).[7] 이 직접적인 암시에 햄릿은 "신랄하다, 신랄해"를 외친다. 극중 여왕은 "내가 침대에서 두 번째 남편에게 입을 맞출 때마다, 난 다시 첫 번째 남편을 죽이겠지"(3.2.196-197)라고 내용을 반복한다. "신랄한"과 "어머니, 이 극을 좋아하십니까?"(3.2.41)라는 아이러니컬한

---

7   J. D. Wilson, *What Happens in Hamlet*, Cambridge, 1935.

발언을 하면서, 햄릿은 이 두 개의 암시로 철저히 엄마를 관찰하는 데 성공했는가? 살인과는 무관하지만 자신의 상황과 극중 여왕과의 명백한 유사성에 당황한 여왕은 "내 생각으론 저 여자가 과장하고 있구나"(3.2.242) 하고 대답한다. 햄릿은 "그런데, 그녀는 자신의 약속을 지킬 겁니다" 하고 대답하고는 전개되고 있는 상황의 중요성을 깨닫고 불안해하는 클로디어스에게 주의를 돌린다. 독살 장면에서 왕이 더 이상 억제하지 못하고 자리를 뜰 때, 여왕은 놀란다. 여왕이 "왜 그러세요?"라고 외칠 때, 그녀는 햄릿의 의도를 이해하지 못했거나 극중 왕의 독살의 의미를 깨닫지 못하고 있다. 때문에, 일부 비평가들이 생각하는 것처럼, 거트루드는 살해의 공범도 아니고, 그 살해에 대해 전혀 모르고 있었다.

그러나 햄릿은 여전히 어찌할 바를 모른다. 연극에서 그녀의 무죄가 명백하게 밝혀졌다고는 하지만, 그녀의 불안한 모습은 여전히 의심을 자아내고, 햄릿은 "비수를 꽂듯이 그녀에게 말하지만, 사용하진 않을 거야"라고 말하며 그녀의 내실로 가서 잔인하지만 인간다운 모습을 보이기로 결심한다. 그가 폴로니어스를 살해한 순간, 거트루드는 "이 무슨 어리석고 끔찍한 행동이냐!"(3.4.27)고 나무라고, 이에 햄릿은 "끔찍한 행동이요? 나의 선하신 어머님, 왕을 죽이고 그의 동생과 결혼하는 것처럼 끔찍하죠"(3.4.28-29)라고 살인에 대한 공개적인 비난을 한다. 거트루드는 놀라며 "왕을 죽여?"(3.4.30)라고 소리 지르는데, 이는 다시 그녀가 살해에 대해 모르고 있다는 사실을 보여 준다. 햄릿은 마침내 그녀가 살해에 연루되지 않았다는 것을 확신하고, 그 혐의를 결코 다시 묻지 않았으며, 유령이 자신에게 한 말을 그녀에게 밝히지 않는다. 만일 햄릿이 그녀에게 클로디어스의 죄를 설명했었더라면, 그녀는 당연히 왕으로부터 돌아섰을 것이다.

4막과 5막에서 거트루드의 왕에 대한 태도 문제에서도 논란이 있다. 소에임스는 내실 장면 이후에 거트루드는 완전히 햄릿의 편이 됐다고 주장한다. 그러나 보뎅은 반대 입장을 보여 준다. 햄릿이 자신의 지지자를 잃었다는 것이다. 햄릿이 허공을 응시하며 대화를 할 때 그의 광기를 확신한 거트루드는 그가 제정신이 아니라 믿었고, 따라서 미친 사람에 대한 공포감으로 클로디어스의 편이 됐다는 것이다. 보뎅은 심지어 "내가 어떻게 해야 하니?"(3.2.180)라고 묻는 여왕의 말도 햄릿에게 하는 말이 아니라고 주장한다. 보통 제정신이 아닌 사람에게 조언을 구하지 않기 때문이다. 스미스에 의하면 이것은 잘못된 해석이다. 여왕은 확실히 햄릿에게 질문을 했다. 왜냐하면 햄릿은 즉시 자세한 조언을 했고, 우리가 아는 한, 여왕은 그 조언을 따랐다.

여왕: 어떻게 해야 하니?
햄릿: 뭘 하든지, 이것만은 하지 마세요.
　　비곗덩어리 왕에게 유혹당해 다시 그의 침대로 가는거
　　요. (3.4.181-183)

게다가 보뎅의 주장은 햄릿이 여왕에게 자신이 미치광이라는 것을 믿지 말라는 내실 장면의 나머지 내용을 완전히 무시한다. 보뎅은 클로디어스에게 햄릿이 제정신이라고 말하지 않겠다는 여왕의 약속을 무시한다는 것이다. 여왕은 약속을 잘 이행했다. 그런데 중요한 것은 소에임스, 보뎅 모두 틀렸다는 것이다. 여왕은 성격상 앞으로 할 수 있는 한 햄릿과 클로디어스 둘 모두에게 성의를 다 한다. 여왕은 햄릿이 강조한 비밀의 지시를 잘 이행한다. 내실에서의 상황을 왕에게 다르게 이야기해서 햄릿을 보호한다. 햄릿이 조롱하듯이 "시체를 옆방으로 끌고 갈게요"라고 말했지만, 여왕은 왕에게 햄릿이 "자신이 한 행동을 후회한다"고 말한다. 한편, 레어티즈가 아버지의 복수를 외치며 왕에게 덤벼들 때, 여왕은 레어티즈를 가로막고 클로디어스를 방어한다.

레어티즈: 아버지는 어디 계신가?

왕: 죽었네.

여왕: 왕이 죽이지 않았네. (4.5.126-128)

그러나 보뎅이 주장하는 것처럼 여왕이 완전히 "클로디어스 편이다"라는 증거는 없다. 반대로 클로디어스는 레어티즈에게 "여왕은 그에게 너무 헌신적이야"(4.7.11-12)라고 말하며 거트루드가 점차 햄릿을 걱정하고 있다는 것을 알아차

린다. 게다가 2막에서 처음 드러나고 3막에서 햄릿이 괴롭혔던 그녀의 양심은 계속해서 그녀를 힘들게 하고 있다.

> 여왕: (방백) 나의 병든 영혼에게 모든 것은
> 다가올 재난의 전조처럼 보이거든.
> 죄란 어리석은 의심으로 가득 차서 네가 그렇게 하지
> 않으려 하기 때문에
> 너의 모습을 더 잘 드러내지. (4.5.17-20)

오필리어의 무덤에서 여왕은 햄릿과 오필리어의 사랑이 헛된 일이 된 것을 안타까워하고 있다. 게다가 햄릿의 광기가 어떻게 왔다 갔다 하는지 잘 설명해서 무덤에서 햄릿의 헛소리를 잘 방어해 준다. 여왕이 햄릿을 배반했다는 조그만 증거도 클로디어스 편이 됐다는 증거도, 왕이 형을 살해하거나 왕과 레어티즈와의 극악한 흉계를 알고 있었다는 증거 역시 찾아볼 수 없다. 마지막 장에서 여왕의 대사는 거의 없다. 햄릿이 경기 전에 레어티즈에게 사과해야 한다는 요청을 한 귀족이 전달한다. 여왕은 경기 도중 마지막으

로 햄릿의 숨가쁜 모습을 걱정하면서 독배를 들고 햄릿의 행운을 빈다. 내실 장면 이후 여왕이 클로디어스의 편이 됐다는 보뎅의 주장과는 맞지 않는 행동이다.

결론적으로 극 내용을 자세히 살펴보면 여왕에게 처음 세 개의 혐의, "성급한 결혼", "근친상간", "간통"에 대해 죄가 있음을 알 수 있다. 그러나 햄릿 아버지 살해에 대한 사전 지식에 대해선 죄가 없다. 여왕의 공모는 없었다. 유령은 자신을 죽인 자로 오직 클로디어스만 언급한다. 왕은 살해에 대해서는 공범으로서 결코 여왕과 어떤 비밀도 공유하고 있지 않았다. 여왕이 극에서 보여 주고 있는 걱정은 그녀의 간통, 그녀의 성급한 근친상간 결혼, 햄릿의 광기에 대한 슬픔, 햄릿과 클로디어스에 대한 애정으로 설명할 수 있다. 거트루드 양심의 가책이 담긴 고백이나 독백에서 살해에 대한 언급은 없다. 햄릿은 자신의 믿을 만한 친구인 호레이쇼에게도 거트루드에 대한 비난은 하지 않는다. 그런 혐의에 대해 유일하게 책임이 있는 햄릿은 그 혐의에 대한 의심이 사라지자 마자 혐의가 없음을 인정하고 포기한다.

햄릿 그 자신으로 볼 때, 브래들리, 아담스, 윌슨 등 많은 비평가들이 주장하는 것처럼, 햄릿이 유령의 말대로 복수를 해서 왕을 죽이는 데 서툴렀다거나 지체를 했다 할지라도, 그는 명백히 자신에게 훨씬 더 중요한 임무를 수행하는 데 성공했다. 즉, 클로디어스와 거트루드가 양심의 가책을 느끼게 하는 데 성공한 것이다. 유령의 명령에도 불구하고, 햄릿은 좋든 나쁘든 이 마음의 문제를 하늘에 맡기지 않았다. 햄릿은 클로디어스와 여왕의 마음을 상대로 가장 능숙하고, 끈기 있고 성공한 계략자로서 3막에서 자신의 모든 노력을 쏟아부었다.

3장

『햄릿』, 『오셀로』, 『리어왕』, 『태풍』으로 읽는 전쟁의 가치

도덕적 가치를 위해 학생들에게 위대한 문학 작품을 검토하게 하는 일은 시의적절한 작업이다. 명확한 개념 부족이나 노력 부족으로 현대 사회는 도덕적 실패를 경험하고 있는데, 여기서 해야 할 일은 도덕적 가치를 재설정하거나 혹은 강화해야 하는 수순이 있을 수 있다. 오늘날 대학생 세대는 미래를 편안하게 물려받을 수 있다는 기대를 할 수 없다. 따라서 그들은 살기에 적합한 사회를 만들기 위해 노력해야 할 것이다.

과거의 위대한 문학 작품은 그 작품이 만들어진 시대와 작품을 만들어 낸 천재적인 작가의 도덕적 가치를 구체화한다고 말할 수 있는데, 이 글의 목적은 셰익스피어의 네 작품을 이런 관점에서 분석하는 것이다. 대학 신문의 사설을 눈여겨보면 유럽에서 발발한 전쟁 첫 해에 『햄릿』의 논의는 학생들 사이에 퍼져 있는 평화주의에 대한 간절한 기대와 함께 환멸에 의한 이상주의의 해체를 고찰하는 방향으로 나아갔다. 전쟁이 유럽과 아시아에서 진행되고 마침내 미국이 참전하게 됨에 따라 그 작업이 다른 작품으로 확대되었다. 악한이 없는 현대 문학의 감상주의에 대한 반작용으로, 그리고 히틀러와 나치즘의 현실을 명확히 깨닫기 힘들다는 점을 생각해서, 『오셀로』가 사악한 인간 의지의 결백함에 대해 파괴적인 결과를 던져 주는 현실과 관련되어 연구되었다. 환멸과 절망으로 이끄는 도덕적 혼란을 겪고 있는 세계에 대한 의식이 우리 시대만의 고유한 현상은 아니라는 것을 『리어왕』은 보여 주고 있다. 셰익스피어는 『리어왕』에서 도덕적 혼란에 빠진 세계를 직면하고 그것을 초월했다. 『태풍』에서는 섬이라는 꿈의 세계에서 화해와 평화의 비전이 제시된다. 프로스페로는 그 꿈의 세계로부터 페르디난드와 미란다가 살아가야 할 불완전하기만 한 현실 세계로 돌아간다. 현실 세계에서 페르디난드와 미란다는 섬의 비전과 프로스페로의 경험과 지혜에 의해 인도된 젊은 시절의 새로운 믿음을 만들어야 한다.

여기서 저자인 로는 셰익스피어 연구의 가치는 대대로 인간 경험에 있어서 연속이라는 원리에 기초해야 하고, 각 시대가 시대별로 보여 주는 고유의 깨우침과 약점을 드러낼 수 있어야 한다고 주장한다. 더불어 만일 가능하다면, 미래의 발전은 과거와 현재로부터 깨달음에 의존한다고 덧붙인다.

『햄릿』의 역사는 시대별로 한계를 드러내면서 인간 경험의 연속성을 각별히 보여 준다. 햄릿으로부터 자신의 이미지를 발견하는 모든 세대의 사람들에게 햄릿이란 인물은 무척 매력적이다. 낭만주의 시인과 비평가들은 햄릿의 우울증과 행동을 하기엔 너무 민감한 그의 감수성을 강조하면서, 햄릿으로부터 "의지 너머에 있는 지나친 지성의 비극"을 읽어 낸다. 제임스 조이스, 콘래드 아이켄, 조셉 우드 크러치와 같은 1920년대의 지식인들 역시 햄릿으로부터 지나친 지성의 비극을 발견했다. 그러나 그들은 결정과 행동을 하기엔 너무 회의적인 탐구 정신에 강조를 두었다. 우리가 독자적으로 우리 시대의 자화상을 만드는 데 소질이 없다고 생각하는 것은 분명히 성급한 판단일 수 있다. 그러나 근래 햄릿에 있어서 환멸에 대한 강조가 부분적으로 자화상이라는 행위에서 기원했을지라도, 그러한 강조는 우리에게 작품 전체의 성격과 셰익스피어의 의도를 알게 해 주는 환멸에 의해 파괴된 이상주의의 과정과 결과에 대한 연구로서 『햄릿』의 검토라고 저자인 로는 믿고 있다.

대학생 세대가 도덕적 의미를 찾을 수 있는 방법이 바로 『햄릿』의 이런 읽기다. 그러나 대부분 학생들은 자주적 비평에 미숙해서 도움 없이는 이런 의미를 발견할 수 없다. 그들은 그릇된 선입관을 가지고 『햄릿』에 다가선다. 문학과 학생들의 관계를 생각해 볼 때, 그들은 자신의 시대를 위해 셰익스피어의 목소리를 자발적으로 듣지 않는다. 왜냐하면 그들은 낭만주의 비평의 혼란스런 반향만 들으며 성장해 왔기 때문이다. 그들은 "사색의 기능에서 균형을 잃게 되면, 인간은 단순한 명상의 동물이 되고 자신의 자연스런 행동의 능력을 잃는다"와 "[햄릿은] 민감해져서 동요되고,

생각을 하면서 지연하고, 결심을 실행하는 데 있어서 자신의 자연스런 행동 능력을 잃는다"와 같은 콜리지의 글을 읽지 못했을 것이다. 그러나 그럼에도 불구하고 그들은 비극적인 결함과 극의 동기 부여와 주제로서 햄릿의 의지와 지적 능력 사이에 내재된 균형의 부재를 이미 확신하고 『햄릿』에 접근한다.

『햄릿』 주제의 핵심은 햄릿이 유령을 만난 후에 아버지의 복수를 위해 변화된 모습을 보이기 전, 그에 대한 오필리어의 묘사에서 볼 수 있다.

오, 한때 고귀했던 영혼을 그는 잃었구나!
그는 신사의 우아함과 학자의 지혜와 군인의 용맹함을 소유
하고 있었는데,
그는 나라의 귀중한 사람이었고, 왕권의 계승자였으며,
존경받는 모두의 귀감이었는데,
너무나 타락해 버렸구나! (3.2.158-162)

이 모습은 르네상스 이상주의의 중심인 르네상스 개념의

완성된 인간이다. 우리는 오필리어가 기억해 내고 있는 구체적인 모습의 정상적인 햄릿을 언뜻 볼 수도 있다.

로는 셰익스피어가 햄릿을 통해 자신의 이상적인 인간상을 우리에게 보여 주었다고 믿고 있는데, 햄릿은 이상주의자였다. 한때 그가 가지고 있던 이상주의는 로젠클란츠와 길덴스턴에게 인간의 가치를 무시하는 대사에서 드러난다.

인간이란 얼마나 완벽한 창조물인가!
고귀한 이성과 무한한 가능성, 감탄할 만한 외모를 가지고,
천사와 같은 행동, 신과 같은 이해력을 보여 주지!
지상의 아름다움을 대표하는 만물의 영장인 인간,
그런데 나에게 이 티끌 같은 존재는 무엇인가? (2.2.318-324)

극을 통해 들려오는 모든 신랄한 대사는 그의 이상주의를 드러낸다. 이상주의의 위험은 환멸이고, 햄릿은 극도의 환멸을 경험했다.

햄릿의 행동 무능력의 원인은 타고난 의지의 부족이 아니라, 환멸에 의한 의지의 소진이다.

나에게 이 세상의 삶은 얼마나

지루하고, 진부하고, 의미 없는가!

제기랄, 아무도 돌보지 않는,

그래서 잡초가 무성한 정원 같구나

더럽고 조잡한 잡초만 커 가고 있구나. (1.2.133-137)

삶에 있어서 어떤 대상도 가치가 없을 때, 어떤 행동 또한 가치가 없게 된다. 로가 정의하는 이상주의란 얻으려고 노력할 가치가 있는 더 좋은 삶을 위한 현재의 좋은 삶에 대한 확신으로, 인간의 가장 높은 가능성이기 때문에 환멸은 궁극적으로는 죄가 된다. 중세의 신학자들은 신의 은총에 대한 믿음에 환멸을 적용하면서 환멸을 절망이라 불렀는데, 환멸은 구원에 이르는 마지막 위험, 깊은 구렁의 위기이다.

특히 젊음의 가능성과 한계는 젊음이 누릴 수 있는 이상주의다. 햄릿은 젊었다. 세월의 문제가 아니다. 셰익스피어는 젊음에서 성숙이라는 시간을 극에서는 글자 그대로 몇 달로 압축한다. 햄릿은 자신의 아버지를 숭배하고 엄마를 이상화했다. 아버지의 죽음에 대한 비통함은 그에게는 새로운 경험인 반면에, 엄마의 행동은 환상을 버려야 하는 충격에 빠지게 했다. 엄마가 보여 준 모습은 성적인 욕망으로, 그녀의 성급한 재혼은 남편 동생과의 근친상간이었다. 억제하려 노력할지라도 그의 모든 사고에 샘솟는 잠재의식 속에서 추구한 고통스런 생각이 그의 첫 독백에서 드러난다. 현대 표현주의 드라마에서 볼 수 있는 정신분석학적으로 정확한 의식 흐름의 연출이다. 그의 엄마는 가장 훌륭한 여성이었고, 여성은 남성보다 더 순수하고, 남성은 자연의 정점에 있다. 그의 엄마는 겉보기에 품위 있는 생활을 몇 년 한 후에 가장 천한 정욕에 사로잡혔다. 인류 전체가 그녀와 함께 무너져 내린다. 그는 자신의 육체를 역겨워하며 스스로를 불신하고, 세상과 삶을 혐오한다. 이런 상황에서 햄릿은 아버지의 유령을 만나 충격이 가중된다. 그의 엄마는 심지어 그녀의 남편이 죽기 전에 클로디어스에 의해 유혹당했으며, 그녀가 근친상간 관계로 결혼한 바로 그 남자가 그의 부인과 왕관을 위해 자신의 형을 살해했다는 내용을, 햄릿은 유령으로부터 듣게 된다. 이것에 한 가지가 더

해져야 하는데, 어떤 이유로든 그에게 여성의 존재가 필요했던 시기에, 사랑했던 한 소녀가 그를 떠나 버렸다.

일단 학생들이 극의 세계로 들어가기 위해 현실로부터 그들 자신을 이탈시키는 데 성공해서 유령을 만나게 되고, 우리 시대엔 근친상간으로 여겨지지 않는 근친상간과 신성한 의무의 복수를 직면하고, 햄릿의 경험을 통해 직접적이진 않지만 그와의 동일성을 성취했을 때, 그들은 햄릿의 신념이 파괴되고 도덕적 에너지가 고갈됐어야 했다는 데 놀라지 않는다. 그들은 셰익스피어가 만들어 놓은 다양한 장치를 통해 비록 자신도 이해할 수 없지만 햄릿이 클로디어스를 죽여야 하는 자신의 의무 이행을 어떻게 회피했는지 이해할 수 있다. 왜냐하면 최고의 도덕적인 행동으로 복수를 실천함으로서 햄릿은 도덕적 결정과 고뇌에 가치를 두고 있는 삶에 그 스스로 다시 참여할 수 있었기 때문이다.

셰익스피어는 햄릿의 해체를 끊임없이 추구해서, 그는 전혀 권리를 갖고 있지 않는 운명론의 변덕스런 평온까지 보여 주고, 의무를 실행하지 못하고 있는 상황에서 그는 결투에서도 자신의 죽음을 위해 왕이 음모를 꾸미고 있다고 의심하면서 레어티즈와의 펜싱 결투 도전을 허락한다. 그러나 햄릿은 결코 고귀함의 감각을 잃지 않는다. 왜냐하면 마지막 장면의 고조된 행동의 분출 전에 죽음 같은 멈춤의 한순간을 제외하면 그는 절대로 투쟁을 멈추지 않았기 때문이다. 물론 실제 투쟁은 독백 속에 있다. 독백에서 우리는 어둠에서 싸우고 있는 햄릿을 보고, 자신의 무의식 깊은 곳에서 그를 회피하는 적을 필사적으로 찾는 햄릿을 보게 된다. 누군가 말한 것처럼 그의 최종 승리에서 행동은 그에게 강요되지 않는다. 그는 지치고 지루한 삶을 살아오면서 죽음을 앞에 두고 죽음으로 편안해지는 것이 쉽다는 것을 발견했을 것이다. 햄릿은 대단한 의지로 기운을 모아 마침내 그 순간에 자신의 의무를 달성했다. 그 행동으로 도덕적 의식이 재건되었으며 죽으면서 햄릿은 다시 삶에 참여하게 되었다.

셰익스피어는 햄릿이라는 삶을 초월한 이상적인 인물을 만들었고, 그에게 삶을 초월한 개인적인 정신적 충격과 환멸을 경험하게 한다. 그러나 그것이 삶이다. 왜냐하면 삶의 균형은 인간의 가능성과 한계와 운명 사이에서 유지되기 때문이다. 우리 시대는 개인적이 아닌 한 사회로서 제1차 세계대전의 충격, 잃어버린 평화에 대한 환멸, 경제적 안정이나 희망의 상실과 함께 세계 대공황에 대한 환멸, 나치즘, 또 다른 전쟁, 그리고 상상을 초월한 한바탕 인간의 사악함을 빠른 속도로 경험했다. 히틀러가 유럽에서 맹위를 떨치는 동안 대학생들 사이에 만연한 평화주의와 고립주의는 대부분 환멸화된 이상주의의 표현이었다. 때때로 그것은 공공연하게 "현실적인"으로 명명되기도 했는데, 때때로 평화주의가 이상주의 자체로 합리화되었다. 제1차 세계대전 전에 대학생들이 가지고 있던 이상적인 평화주의 내용을 보면 살인에 대한 혐오가 자주 등장했다. 반면에 "만일 뭔가를 위해 일단 죽어야 할 가치가 있다고 확신할 수 있다면, 난 죽을 각오가 되어 있다"라는 대학 신문 칼럼 내용을 실례로 정리해 보면 자살에 대한 혐오는 최근 평화주의에 더 어울리는 특징이 되었다.

미국이 전쟁에 참여하게 되는 행동 실천은 많은 결정을 위한 고뇌로부터의 해방이고 새로운 통합을 가져온 것 같다. 그러나 환멸에 대한 이상주의의 시험은 아직 이뤄지지 않았다. 평화는 이기주의, 편견, 그리고 무관심 같은 환멸을 느끼게 하는 표현들을 극복하지 않고서는 성취될 수 없다. 한 대학 신문 사설에 "명백히 우리 학생들은 착각을 하고 있다. 우리는 지금 전쟁 후의 세계는 다를 것이라고, 우리는 공정하고 영원한 평화를 만들기 위해 많은 것을 할 수 있다고 들었다"라는 내용이 있는데 이것은 위험을 내포하고 있다. 한 신문 사설에서는 "맹신적인 희망"이 "강한 의심"으로 변경됐다. 많은 학생들은 자신들이 무엇을 경험하고 있는지 충분히 이해하지 못하기 때문에 그들은 환멸에 대항할 준비가 안 됐다. 그들은 『햄릿』을 통해서 환멸의 본질과 과정, 경고 그리고 도전에 대한 명확한 개념을 언제라도 발견할 수 있다.

저자인 로는 악한은 대부분 현대 문학이나 사고로부터 사라졌다고 한다. 생물학적, 사회학적, 심리학적 분석은 개인의 의지로부터 유전이나 사회와 같은 개념을 분리하고 있다. 이러한 배경이 현대 문학의 한 특징이 되었다. 심지어 범인이나 비정상인을 포함에 모든 인간에 대해 지식과 이해를 통한 연민의 개념을 생산해 낸다. 그러나 하나를 얻게 되면서 다른 것을 잃게 된다. 가치를 추구하는 사람들에 대한 그런 사람들의 파괴적인 효과 말이다.

이아고는 셰익스피어의 악당들 중에서 가장 섬세하고 완벽하게 심리학적으로 분석되는 인물이다. 그러나 그 심리학적 내용물들은 극 중에서 그리고 오셀로, 데스데모나, 카시오를 위한 그의 의미 내에서의 이아고라는 한계 내에 있다. 이아고는 전적으로 이기적이고, 냉소적이고, 파렴치한 정신적 능력을 가지고 있는 남자다. 사실 그 이상이다. 그는 선을 파괴하고자 하는 열정에 휩싸여 있다. 그는 삶의 은혜 앞에 열등감을 가지고 있으며, 무의식적으로 선을 질투한다. 그의 냉소적인 사고방식은 자신의 한계에 대한 삶의 철학으로서의 보상 장치 개념이며, 카시오와 오셀로에 대한 음모는 그가 무의식적으로 자신보다 뛰어나다고 느끼는 사람에 대한 힘의 보상 심리의 필요에 의해 동기화된다. 극의 시작 부분에서 자신의 뜻대로 로데리고를 동요시키기 위해, 오셀로와 카시오를 향한 적의를 오셀로가 자신이 아닌 카시오를 부당하게 진급시킨 탓으로 돌린다. 로데리고뿐만 아니라 자기 자신에게 대한 합리화이다. 극이 진행

됨에 따라, 독백에서 처음에는 오셀로가, 다음에는 카시오가 자신의 부인을 유혹했다는 의심을 하면서 자신의 증오를 정당화한다. 이것 또한 여전히 합리화이지만, 그의 세속적 이기심을 넘어 선에 대한 그의 냉소주의의 정당화로까지 더 깊어진다. 극의 5막이 시작되고 나서야 이아고의 악한 본심이 드러난다.

> 만일 카시오가 살아 남으면,
> 그 녀석이 일을 잘해 내니
> 내가 추해지지. 게다가 그 무어인이 그에게
> 사실을 말할 거야. 그러면 내가 위험에 처하게 되지.
> 아니야, 그를 죽여야겠다. (5.1.18-22)

처음 악행의 동기는 선에 대한 질투이고, 그의 세속적 이기심과 육체적 안전에 대한 위협이 두 번째 동기다. 이아고의 악행은 그의 지적 능력에 의해 오직 피상적으로 통제되고, 그의 삶을 빼앗아 버리는 깊은 심리적 필요에 의해 동기화된다. 그는 절대적인 악한으로 멜로드라마에 등장하는 관습적인 악한이 아니라 완전히 악한 의지를 가지고 있는 인간이다.

『베니스의 상인』에서 샤일록에 대한 동정심의 여지는 있을 수 있다. 왜냐하면 그의 악행은 실패했고, 어떤 누구도 그 악행에 의해 파괴되지 않았다. 셰익스피어에 의해 만들어진 이아고는 그를 잘못된 길로 가게 한 과거에 어떤 조건, 어떤 사건이나 환경에 의해 그가 극에서 보여 준 그대로가 되어야 한다. 『오셀로』의 비극에 있어서, 셰익스피어가 보여 주는 것 이상으로 이아고로부터 다른 의미를 찾는 것은 미와 선의 파괴자인 그의 현재 상황의 끔찍한 현실로부터 벗어나는 일이다.

이아고에 대한 심리학적 그리고 인도적 강조에 의해 선과 악의 윤곽이 흐려지는 것이 현대 문학의 특징이다. 신선한 충격이지만 엄하게 통제되지 않는다면, 위험한 감정적 행위가 될 수 있다. 나치즘의 위기에서 이미 비극적인 상황을 확인했다. 이아고는 오셀로의 악에 대한 무지를 이용해 자신의 음모를 꾸몄다. 히틀러와 나치즘이 우리에게 교훈을 주었음에도 불구하고, 위험은 지나가지 않았다. 미국에서 과학적 분석에 의한 악의 부정은 에머슨 철학의 전통과 모든 사람은 근본적으로 "올바른 사람들"이라고 믿는 민중의 민주적인 갈망에 의해 지지를 받고 있다. 『달은 기울고 *The Moon Is Down*』와 같은 최근의 책에서 존 스타인벡은 그런 갈망으로 침공한 나라에서 히틀러의 명령을 수행하는 나치 장교와 군인들을 감상적으로 다루고 있다.

『리어왕』은 다른 비극을 초월하여 우주 내에서 악의 철저한 공격과 공포를 보여 준다. 그렇다고 특별한 악을 보여 주는 극이 아니라, 선과 악 사이의 형이상학적 전쟁에 대한 상징적인 극이다. 악은 두 명의 개성 없는 자매들 안에 구체화됨으로써 추상화된다. 자식으로서의 배은망덕한 죄가 모든 죄의 상징이 된다. 자연의 법칙에 어긋나는 죄는 잔인함, 탐욕, 배반, 정욕과 불가피하게 연관된다. 자식으로서 배은망덕의 주제는 글로체스터 부줄거리에서 반복됨으로써 가정적인 것에서부터 일반적인 것으로 확대되고 가족이라는 자연스런 관계의 혼란은 내전에 휘말린 국가의 혼란이 된다. 슬픔과 고통은 광기로 변하고, 폭풍 장면에서 광대의 노래와 베들레햄 걸인의 수다에 의해 강조된 리어의 허튼 소리가 모든 것이 반목하고 있는 세상의 바람에 퍼부어진다. 리어가 "너희들이 어디에 있든, 이런 무자비한 폭풍우에 시달리는 가엾은 떠돌이 존재들이여"라고 한탄하면서 처음으로 겸손한 마음으로 인류의 도덕적 장엄함을 깨달은 것은 폭풍 속에서 부와 권력, 가족과 정신의 반을 잃고나서이다. 정점에서 고통과 악은 초월되고, 혼돈의 가운데에 파괴되지 않을 도덕적 질서와 인간의 선한 의지만 있다.

『리어왕』의 결말에는 『햄릿』이나 『오셀로』처럼 감정의 고양은 없다. 많은 고통 후에 그는 죽을 권리가 있기 때문에 리어의 죽음은 반란 없이 수용되었다. 지침과 탈진의 평화가 있고, 폭풍이 지나간 후의 안도가 있다. 악과 선의 이 전쟁은 가식의 전쟁이 아니다. 우리는 황량한 세계를 내다보지만 새로운 세계가 그 폐허 위에 세워질 것이다. 폭풍 속 번개의 번쩍임이 인류의 의미와 인간 정신에 있어서 파괴될 수 없는 무엇인가와 새로운 세계에 있어서 가치의 개념을 분명히 했다.

로는 자신의 경험에 비추어 나치즘이 유럽에서 세력을

확장하기 전에 『리어왕』은 셰익스피어 작품 중 학생들이 민감하게 반응했던 작품은 아니었다고 한다. 작품을 통해 비극의 카타르시스를 발견하지 못한 채, 비현실적이라는 반응으로 그들은 냉담했거나 거부했었다. 지난 2년 사이 학생들은 그 작품에 의미를 부여하면서 만족을 느끼게 되었다. 학생들은 자신들이 혼돈을 알게 된 첫 번째 세대가 아니라는 것을 발견한다. 그리고 그들은 자신의 세계를 향해 가면서 평정을 얻는다.

　『햄릿』으로 시작한 논지가 『태풍』으로 마무리 짓는다. 환멸에서 성숙까지 회복에는 두 가지 조건이 뒤따른다. 이상의 회복과 지금 당장의 이상은 존재하지 않는다는 인식을 하는 것이다. 마술의 섬을 배경으로 『태풍』은 화해, 조화, 평화에 대한 셰익스피어의 비전이다. 선한 인물의 힘에 의해 통제되어 그곳에 오는 모든 악한 인물들은 참회와 용서와 구원에 이르게 된다. 그러나 프로스페로는 마지막에 스스로 마법의 힘을 포기하고 페르디난드와 미란다를 현실 세계로 데려온다. 자신의 일을 마친 늙은 프로스페로는 지쳐 있다. 프로스페로는 "우리의 삶은 모두 꿈이여서, 잠으로 시작해서 잠으로 끝나지"라고 말하며 인생의 덧없음을 이야기한다. "곧 다가올 죽음을 생각하겠소"라고 말하기도 하는데, 그는 잠을 위해 준비가 되어 있다. 그는 세상의 문제를 경이로움으로 충만했던 젊은 시절에 가지고 있던 신념의 재탄생에 맡긴다. 그러나 먼저 그는 악의 존재를 미란다에게 가르치고, 페르디난드에게 그는 그 섬의 비전을 준다. 사람들 사이에 필요한 평화에 대한 그의 꿈과 거친 현실 경험에서 얻은 지혜로 그들을 준비시킨다.

이것은 『태풍』의 상징주의의 새로운 해석도 기존 주제의 변형도 아니다. 아리엘과 칼리반은 언급도 하지 않았다. 조화와 화합이라는 극의 다른 전달 내용과 함께 이 극에 함축되어 있는 도덕적 가치의 언급이다. 지금 우리 시대에 특별한 의미를 가지고 있는 개념들이다.

4장
실존주의 햄릿

장 아누이의 『안티고네*Antigone*』(1942)가 뉴욕 드라마 비평가들에게 심하게 비난을 받았을 때, 장 폴 사르트르는 많은 젊은 프랑스 작가들의 의도를 이해하지 못한 비평가들에 대해 언짢아했다고 한다. 인간이 자신을 발견할 수 있는 상황을 무대 위에 올리지 않고 양차 대전 사이의 미국 극단은 인물과 그들의 대립에 초점을 두고 있다며 사르트르는 당시 미국의 극단을 역으로 비난하고 나섰다. 이미 만들어진 인간의 본성을 다루는 "인물극" 대신 "상황극"의 중요성을 강조하며 극작가는 "주어진 시대와 사회의 모든 사람들이 관심 있어 하는 것들"(*Forgers* 330)[8]을 관객에게 일깨워 줘야 한다고 주장하는 사르트르는, 연극은 "한 위대한 집단적, 종교적 현상"으로 "자유를 느끼며 좋은 의지를 가지고 자신의 입장을 분명히 하려는 사람의 고뇌"(Forgers 325-326)를 무대 위에서 보여 줘야 한다고 했다.

아버지에 대한 복수의 지연과 재혼한 어머니에 대한 배신감으로 자신의 상황을 한탄하고 인간의 존재 이유를 묻고 있는 셰익스피어의 햄릿에게도 사르트르의 "고뇌," "자유," "좋은 의지"와 같은 용어들은 어색하지 않다. 선왕인 자신의 아버지를 죽이고 자신의 어머니를 아내로 맞아 왕이 되어 선왕이 이뤄 놓은 정치적 질서를 위기로 몰아넣은 클로디어스를 제거하려는 햄릿의 결심은 분명한 명분이 있는 "좋은 의지"의 발현이다. 또한 클로디어스로 대변되는 엘시노어 성 내부의 현 가치 질서를 거부할 수 있는 햄릿에게는 "자유"를 느낄 자격이 있고, 햄릿이 의도적으로 광기를 보이며 아버지에 대한 복수를 의식적이든 무의식적이든

---

8 Jean-Paul Sartre, "Forgers of Myths: The Young Playwrights of France," *Theatre Arts* 30.6(1946), pp.324-335.

계속 미루고 있을 때 우리는 햄릿의 "고뇌"를 엿볼 수 있다. 이러한 해석은 수많은 평론가들뿐만 아니라 사르트르의 관점에서도 셰익스피어의 『햄릿Hamlet』이 가치가 있다는 결론을 내리게 한다. 그러나 작품으로서 『햄릿』의 가치를 떠나 사르트르의 철학 내용으로 살펴볼 때 셰익스피어의 햄릿은 "잘못된 신념"을 가지고 있는 건전하지 못한 부정적인 성격의 소유자이다.

소포클레스, 아이스킬로스, 에우리피데스 등 고전 극작가들이 다루기도 했던 오레스테스·엘렉트라 이야기를 개작한 『파리The Flies』(1943)에서 사르트르는 『존재와 무Being and Nothingness』(1943)에서 이론화한 "잘못된 신념"과 "믿을 만한 신념" 혹은 "확실성"의 개념을 등장인물들과 상황을 통해 보여 주고 있는데, 먼저 햄릿과 오레스테스가 처한 상황이 무척 비슷하다. 자신의 아버지가 살해되고 자신의 어머니는 살해범과 결혼하여 살해범은 아버지가 있었던 왕의 자리에 오르게 된다. 이어 햄릿과 오레스테스는 아버지의 살해범인 숙부 클로디어스와 집안의 숙부뻘 되는 에이기스테우스를 죽이게 되고 과정은 다르지만 자신들의 어머니도 역시 죽게 된다. 그러나 사르트르의 이론을 따르면 『파리』에서의 오레스테스는 "믿을 만한 신념을 가지고 있는 사람" 혹은 "확실한 사람"의 요구 조건을 모두 보여 주고 있으나 셰익스피어의 햄릿은 오레스테스가 보여 주는 사르트르적 인간형에 못 미치는 "잘못된 신념을 가지고 있는 사람"의 수준에 머문다. 본 논문에서는 사르트르의 철학을 보여 주는 『존재와 무』와 자신의 철학 내용을 작품화한 연극 『파리』를 『햄릿』과 비교 분석하여 사르트르의 햄릿 읽기를 시도하며 왜 햄릿이 사르트르가 그렇게 거부하고 싶어하는 인간형인지 살펴보고자 한다.

　『햄릿』과 『파리』의 무대가 되는 덴마크의 엘시노어 성과 아르고스는 선왕들의 살해가 있기 전 시대의 질서를 벗어나 혼란의 상태에 빠져 있다. 『햄릿』은 첫 장면부터 위기의 상황이 있음을 짐작하게 하는데 엘시노어 성의 망대에서 호레이쇼는 버나도와 마셀러스에게 선왕의 모습을 한 유령을 보고서 "이것은 우리 나라에 어떤 이상한 일이 발생할 전조다"(1.1.69)[9]라고 말하고, 마셀러스는 햄릿이 유령을 따라간 후 "덴마크에 무엇인가 썩어 있어"(1.4.90)라고 말한다. 햄릿은 유령으로부터 클로디어스의 살인 이야기를 듣고 "부조리한 세상이야"(1.5.189)라고 말하며 자신이 해야 할 일이 무엇인지 생각하기 시작한다. 선왕이 살해되기 전 비텐베르크에서 공부를 하고 있던 햄릿의 모습을 말하는 오필리어에게서도 전 시대의 평화로움을 느낄 수 있다: "귀족적인 눈매, 군인다운 기량, 학자다운 언변은 이 번영하는 나라의 희망이었으며, 유행의 거울, 예절의 모범, 모든 사람의 존경의 대상이었지"(3.1.145-148). 선왕이 이루어 놓은 정치적 질서에 문제가 생겨 덴마크는 영토 분쟁에 연루되어 전쟁의 위험에 직면해 있고 클로디어스도 이러한 사실을 인정하고 노르웨이로 사신을 보낸다. 폴로니어스와 오스릭 같은 기회주의 정치인들을 옆에 두고 있는 클로디어스의 정치적 지도력의 부재와 왕으로서의 정통성 부재는 민중들의 불안 심리를 자극해 레어티즈를 왕으로 만들자는 봉기가 발생하고 클로디어스 자신이 말하는 것처럼 햄릿이

---

9   William Shakespeare, *Hamlet*. Ed., Richard Andrews and Rex Gibson, Cambridge: Cambridge UP, 2003.

민중들 사이에서 인기가 좋기 때문에 간단하게 그를 처치할 수도 없다. 햄릿이 "덴마크는 감옥이야"(2.2.234)라고 말하는 것처럼 나라 전체의 상황은 클로디어스가 선왕의 귀에 독약을 넣었을 때 독약이 퍼져 피를 굳게 만드는 것처럼 곳곳이 썩어 굳어져 가고 있는 무질서의 상황이라고 할 수 있다.

「파리」에서는 하얀 눈과 볼에 피가 묻어 있는 죽음과 파리의 신, 제우스 상이 아르고스 광장을 압도하고 있으며 도시 전체와 성이 신들이 보낸 커다란 파리들로 들끓고 있다. 부당하게 왕권을 빼앗은 자신에 대한 정당성 확보와 왕권 수호를 위해 민중들을 우매화하려는 에이기스테우스의 의지는 제우스의 지원을 받아 아가멤논을 살해한 이후 십오 년 동안 시민들로 하여금 항상 죄의식을 느끼게 해 오고 있다. 이처럼 근친상간과 불륜으로 선왕의 침대를 더럽힌 클로디어스와 에이기스테우스가 부당한 방법에 의해 차지한 나라의 상황은 불안정한 상태에 있으며 그 둘 스스로가 왕으로서의 정통성과 도덕성에 불안함을 느끼고 있다는 것을 알 수 있다.

이러한 내·외부의 혼란 가운데 햄릿과 오레스테스가 놓여 있는데 그 둘은 혼란의 원인을 알고 있으며 심적 갈등을 겪고 있는 상태이다. 선왕의 유령은 햄릿에게 사건의 전말을 말하고 자신의 복수를 해 줄 것을 부탁한다. 오레스테스는 아르고스에 오기 전에 자신의 출생과 아버지의 살해에 대한 모든 사실을 알고 있다. 신분을 감추고 계속 오레스테스 일행을 뒤따르는 제우스도 에이기스테우스가 아가멤논을 살해했다는 이야기를 해 주지만 오레스테스는 복수를 계획하지 않는다. 햄릿은 복수의 의지는 있으나 이런저런 이유로 복수를 계속 미루고 있는 상태에 빠지게 된다. 햄릿과 오레스테스 모두 재혼을 한 어머니에 대해 상당히 부정적인 태도를 보이고 있다. 선왕의 유령도 정숙한 여인인 줄로만 알았던 거트루드가 배반을 했다고 확신하고 있고 폴로니어스를 죽였을 때 "훌륭한 어머니, 왕을 죽이고 왕의 동생과 결혼한 것만큼 잘못됐죠"(3.4.28-29)라고 햄릿이 말하는 걸로 봐서 햄릿도 거트루드가 아버지의 살해에 관여했다고 생각하는 부분이 있다. 선왕의 살해에 거트루드가 연루되었는지는 확실하지 않지만 햄릿에게 거트루드의 재혼은 삶의 의미를 잃게 하는 충격적인 사건이다. 오레스테스는 자신의 생모인 클라이템네스트라가 아버지 아가멤논의 살해 공범자임을 알고 "창녀"라는 단어를 사용하는데, 클라이템네스트라 스스로 자신이 살인자이며 창녀라는 사실을 시인하고 살해 당시의 환희를 엘렉트라에게 설명한다: "누구든지 내 앞에서 나를 살인한 창녀라고 부르며 침을 뱉을 수 있지 … 나는 욕실에 있는 물을 물들이는 그의 피를 봤을 때, 기쁨의 노래를 부르고 춤을 추었지"(71).[10] 이런 말을 머뭇거리지 않고 자신의 앞에서 자랑스럽게 말하는 클라이템네스트라를 엘렉트라는 "고깃덩어리"(66)라고 경멸하며, 오레스테스는 클라이템네스트라를 "장밋빛 화장을 한 일그러지고 말라 비틀어진"(68) 얼굴을 가진 늙은 창녀의 모습으로 상상한다.

　왕권의 정통성이 부재한 국가의 무질서한 상황과 자신들의 생모에 대한 경멸감이 극에 달한 상태에서 햄릿과 오레

---

10 Jean-Paul Sartre, *The Flies. No Exit and Three Other Plays*, Trans., Stuart Gilbert, New York: Vintage, 1955, pp.49-127.

스테스는 자신들이 자유로운 존재임을 깨닫게 된다. 사르트르에 따르면 "믿을 만한 신념을 가지고 있는 사람"이 보여 주는 "확실한 삶"에 이르는 첫 단계는 인간이 자유로운 존재라는 사실을 깨달아서 자신의 의지에 관계 없이 자신에게 부여된 기존의 가치 질서를 거부하는 것이다. 인간의 기본 속성은 "공허함"이기 때문에 인간은 자유에 던져진 상태인 것이다. "인간은 자유로운 존재가 되기 위해 존재하는 것이 아니라"(*BN* 568),[11] "자유가 존재"(*BN* 567-568)이며 존재 자체가 자유인 것이다. 오직 자유라는 개념 속에서 사르트르 실존주의의 명제인 "실존이 본질에 앞서게 된다"(*BN* 568). 따라서 자유를 거부한다는 것은 기존의 가치 체계를 고수하기 위해 변화와 발전을 추구해야 하는 인간이기를 거부하는 것이다. 햄릿이 자유를 느끼고 있다고 생각할 수 있는 부분을 그의 독백 내용에서 확인할 수 있다.

---

11 Jean-Paul Sartre, *Being and Nothingness*, Trans., Hazel E. Barnes, New York: Philosophical Library, 1956.

아 이 너무나도 더러운 육체

녹고 또 녹아 흘러 이슬이 되었으면,

전능하신 신이 자살을 허락했다면.

오, 신이여 지루하고, 고약한 냄새를

풍기는 이 무익한 세상은

나에게는 쓸모가 없습니다!

이 더러운 세상. 뜰에는 잡초만 무성하고,

만사가 더럽고 천박하다.

이런 꼴이 되다니! (1.2.129-137)

사르트르는 "인간을 통해 이 세상에 무無의 개념이 나타
난다"(*BN* 24)고 역설한다. 무無는 질문자로서의 인간이 "부
정적인 판단"(*BN* 6)으로 상황을 바라볼 때 생기게 되는데,
이때 인간은 자신에게 부족한 것, 자신이 필요로 하는 것에
대해 생각할 수 있다. 즉, "자기 자신에 대해 부정적인 태
도"(*BN* 47)를 취함으로 인해 인간은 자신의 가능성이 무엇
인가를 물을 수 있다. 햄릿의 위 독백은 선왕의 장례식, 클
로디어스의 대관식, 거트루드의 재혼이 차례로 숨 가쁘게

진행되고 있는 모습을 보며 아버지의 죽음에 미심쩍어 하는 부분도 있겠지만 뒤이어 나오는 독백의 주된 내용은 클로디어스와 성급하게 재혼한 거트루드에 대한 원망을 쏟아 붓고 있다. 흔히 이야기하는 것처럼 햄릿이 오이디푸스 콤플렉스를 겪으며 왜 힘들어 해 왔는지는 다른 문제지만 중요한 점은 이러한 일련의 사건들이 발생하는 동안 햄릿의 가치관이 변화하고 있다는 것이다. 즉 자신의 주위를 부정적인 시선으로 보며 새로운 가능성과 가치관을 암시하고 있는데, 이런 현상이 바로 햄릿이 의식적이든 무의식적이든 자신이 자유로운 존재라는 사실을 깨닫고 있다는 것을 말해 준다. 그동안 정신적으로 의지해 왔던 두 존재의 상실로 인해 자신의 육체를 부정하게 되고 자기 주위의 세상이 담고 있는 모든 가치를 부정하고 있으며 자살을 이야기하고 신에 대한 믿음마저 포기하고 싶어한다. 여기서 햄릿은 기존에 자신의 본질을 버리고 자유, 즉 실존에 직면하며 새로운 가치관을 받아들일 준비를 하는 것이다.

오레스테스는 자신의 출생에 대한 비밀과 아버지의 살해에 대한 전모를 알고 나서도, 심리적 변화는 크게 있었지만 복수를 하고자 하는 마음은 없었다. 오레스테스가 복수의 의지를 가지고 스스로 자유로운 존재임을 깨닫게 되는 데는 엘렉트라의 영향이 크다. 오레스테스가 감춰 왔던 자신의 신분을 밝히고 엘렉트라에게 아르고스를 떠나자고 제안할 때 엘렉트라는 강력하게 거절한다. 아르고스에 들어오기 전후로 자신이 자유로운 존재라는 사실은 알고 있었지만, 오레스테스는 책임감을 가지고 어떤 상황에 참여할 수 있는 용기를 가지고 있지 않았기 때문에 진정한 의미의 자유를 느끼지는 못했었다.

자신이 태어난 아르고스에 이방인으로 들어와 스파르타로 떠나기 전에 에이기스테우스와 클라이템네스트라의 하인으로 지내며 언젠가 다시 찾아올 오레스테스를 기다리는 엘렉트라의 모습과 "죽은 자들의 날"을 위한 행사에 참여하여 죄의식에 시달리는 아르고스 시민들의 모습을 확인하고 오레스테스는 자신이 자유로운 존재가 되어야만 한다는 어떤 당위성을 느끼게 된다. 결정적으로 아르고스를 떠나라는 제우스의 신탁을 보고 조롱하는 엘렉트라의 모습에 오레스테스는 신과 인간의 명령을 받지 않기로 결심하게 되며, 실존주의적 인간의 특징인 공허함과 자유를 느끼게 된다.

공허함을 느낀다는 것은 기존의 자신의 존재가 누려 왔던 본질을 거부하는 것으로 무無와 자유의 의미를 느끼고 받아들일 수 있는 상태가 되는 것이다. 에이기스테우스가 자신의 왕위의 정당성을 유지하기 위해 취한 정치적 전략은 국민의 우매화인데, 십오 년 전 클라이템네스트라와 모의하여 아가멤논을 살해한 후 아르고스 시민들로 하여금 죄의식을 갖게 하였다. 제우스도 에이기스테우스의 그러한 정책을 밀어 주고 있으며 도덕적 부패의 상징인 파리를 아르고스에 보낸 신들은 정당했다고 말한다. 따라서 아르고스 시민들은 죄의식과 자책이 인간 본질이라 믿고 있다. 제우스의 입장에서도 자신이 만든 인간들에게 죄의식을 심어 주는 것이 자신의 위치에 안전하리라 생각한다: "그들은 죄의식을 가지고 있어, 그들은 두려워하지. 공포와 죄의식은 신에게는 좋은 거야. 그래, 신들은 그런 가련한 사람들을 좋아하지"(59). 오레스테스가 돌아오길 두려워하는 클라이템네스트라도 아가멤논을 죽일 당시의 희열을 잊지 못하며 반항적인 엘렉트라에게 강조한다: "네가 죽을 때까지 너의 죄를 끌고 다니는 것 말고는 다른 것이 없어. 왜냐하면 정당하든 부당하든 그것이 회개의 법이야"(72). 에이기스테우스는 "죽은 자의 날" 행사에서 자신의 아가멤논 살해를 정당화하기 위해 아가멤논의 아버지인 아트레우스의 살인을 들춰 내며 엘렉트라를 저주받은 혈통의 후손으로 몰아세운다. 오레스테스를 기다리고 있는 엘렉트라의 애절한 모습과 더불어 이처럼 에이기스테우스가 자신의 살인 행위와 통치 행위를 정당화하기 위해 시민들로 하여금 아가멤논의 죽음과 그 후로 죽은 모든 사람들에 대해 집단 죄의식을 느끼게 하는 모습은 오레스테스에게 변화된 모습을 요구하게 되며, 오레스테스는 자유인이 된 자신의 모습을 만들기 시작한다.

햄릿과 오레스테스가 "자유"의 개념을 느낀다는 것은 뒤따르는 "고뇌"와 "책임감"을 짊어지겠다는 의미이다. 인간은 자유롭기 때문에 "세상과 자기 자신에게 책임"(*BN* 553)을 느껴야 하며 따라서 고뇌를 경험하게 된다. 고뇌란 "자유의 명백한 자각"(*BN* 33)인데, 인간이 자신의 자유를 의식하고 자신의 가능성을 깨닫는 것은 고뇌를 통해서이다. 이처럼 "자유"와 "책임"과 "고뇌"로 무장한 "확실한 사람"의 위대함은 자신이 잘못된 가치관을 가지고 있기 때문에 기존의 가치관을 제거하는 데 적극적으로 참여해야 함을 깨닫고 있는데 있다. 이런 과정에서 자신의 "선택"으로 자신을 재창조 할 수 있다. "확실한 사람"에게 "선택"이란 "깨달음"의 시작을 말하는데 이는 "행동"과 같은 의미이다. 생각이 그것을 표현하는 말과 분리될 수 없는 것처럼 의지도 행동과 분리될 수 없는 것이다.

자유를 확인한 오레스테스는 자신의 갈 길을 결정하고 결정에 수반되는 모든 사항에 책임을 질 준비가 되어 있는 상태가 되어 아버지가 잃은 아르고스를 자신의 도시로 받아들인다: "난 너무, 너무 가벼워. 난 내 어깨 위에 아르고스의 심연으로 나를 끌고 내려갈 너무나 무거운 죄의 무게를 느껴야만 해"(93). 이 말은 책임감을 느끼겠다는 말이다. 그래서 에이기스테우스와 클라이템네스트라를 죽이고 모든 아르고스 시민들을 죄의식으로부터 해방시켜 새로운 세계를 만들어 주겠다는 결심을 한다. 이미 오레스테스가 자유로운 존재란 사실을 깨달았다는 내용을 알고 있는 에이기스테우스는 자신이 만들어 놓은 모든 계획이 아무 소용없음을 알고 오레스테스로부터 피하라는 제우스의 경고에도 불구하고 남아 있게 되고 결국 죽음을 맞는다.

오레스테스는 일단 자신이 선택하여 결정을 하고 그 일에 참여하여 실행한 것에 대해 절대 후회는 하지 않는다. 왕실의 제우스 상 앞에서 신이 만들어 놓은 기존의 본질을 거부하고 자유로운 존재인 자신의 행위에 정의감을 부여하게 된다. 의지가 약해진 엘렉트라의 반대에도 오레스테스는 클라이템네스트라를 살해하고 결코 후회하지 않으며 자유를 만끽하는 새로운 인간으로 태어났음을 느낀다: "엘렉트라, 난 자유야. 자유가 벼락처럼 나에게 떨어졌어"(108). 오레스테스는 단순히 자유를 느끼는 단계에 머물지 않고 참여하며 자신의 행동에 대해 책임감을 지고 있는데, 그 책임감이 자유로부터 온 것임을 알고 있다.

난 **내가** 해야 할 일을 했어, 엘렉트라, 그리고 그 행위는 정당했어. 나루터에 있는 배가 저 멀리 있는 둑으로 여행객들을 나르듯이 나는 내 어깨 위에 그 행위를 짊어질 거야. 그리고 내가 멀리 있는 그곳으로 그것을 가지고 갔을 때, 난 그것을 자세히 살펴볼 거야. 짊어질 것이 무거울수록 나는 더 만족할 거야. 왜냐하면 그 짐[책임감]이 나의 자유거든. (108)

제우스와의 대화에서도 오레스테스는 자신을 결코 범죄자라 생각하지 않는다. 제우스의 왕권을 주겠다는 회유도 아폴로 신전 밖에서 무장한 시민들이 자신을 죽이기 위해 기다리고 있다는 협박에도 굴복하지 않으며 오레스테스는 자신에게 자유를 준 것이 제우스의 실수라 말한다. 즉 신이나 자연으로 상징되는 기존 질서에 의해 제조된 가치관을 거부하고 아르고스 시민들에게 새로운 가치관을 부탁하며 오레스테스는 죄의식의 상징인 파리 떼를 몰고 떠난다.

햄릿은 "확실한 사람"이 되기 위한 첫 단계로 자신이 기존의 가치 질서를 부정할 수 있는 자유로운 존재라는 사실을 깨달았다. 아버지의 죽음에 음모가 있지 않을까 하는 햄릿의 예감은 유령이 클로디어스를 범인으로 지목할 때 "오, 나의 예감이여! 나의 숙부가?"(1.5.40-41)라고 탄식할 때 빗

나가지 않았고, 햄릿은 유령이 살해의 전모를 밝히기 전에 조건으로 내세웠던 복수를 해야만 한다. 그리고 복수를 하기 위해 햄릿은 광기에 의존하기로 한다. 자신의 존재가 "자유"라고 인식한 후 햄릿은 "선택"과 "결정"의 단계까지 도달한다. 이 순간부터 클로디어스를 죽이기 전까지 햄릿은 클로디어스를 죽일 수 있는 명분과 기회가 있음에도 실행에 옮기지 못하는 자신에 대해 많은 자책을 하게 된다.

제기랄, 아, 욕먹어도 싸지. 비둘기처럼 순하고 허약한 나는
굴욕에 분기할 만한 배알도 없는 놈이지.
용기가 있었으면, 벌써 저 악한 놈을 시체로 만들어,
하늘을 도는 솔개 떼에게 먹이로 주었을 것이다.
피비린내 나는 음탕한 악한!
잔인 무도한 호색한, 천하의 악한 같으니!
아, 복수다!
아, 이 얼마나 못난 자식이냐! 참 장한 일이다.
사랑하는 아버지를 참살 당한 이 아들이,
하늘과 지옥으로부터 원수를 갚으라는 독촉을 받으면서도,

창부처럼 혀끝으로만 생각을 늘어놓고,

저주를 말로만 늘어놓고 있으니,

이 천박한 자식! (2.2.528-540)

극단 배우를 만난 후 아버지의 원수를 갚지 못하는 자신을 자책하는 햄릿의 심정이 잘 드러나 있다. 오레스테스가 보여 준 참여와 책임감의 순서를 밟지 못한 데 대해 그리고 자신과의 약속을 지키지 못한 상황에 대해 안타까워하는 모습으로 햄릿은 자신이 만났던 그 유령을 "악마"로 단정지으려고 노력하며 자신의 복수를 지연하는 행위를 정당화하고 있다. 햄릿 스스로가 누군가 자신을 "거짓말쟁이라고 외쳐 다오"(2.2.526-527)라고 말할 정도로 심한 갈등에 놓여 있는데, 자기 스스로에게 거짓말을 한다는 그 자체가 벌써 "잘못된 신념"에 빠져 있는 상태로 월터 카우프만은 "잘못된 신념"을 "자기기만"(222),[12] 즉 "스스로에게 거짓말하기"

---

12 Walter Kaufmann, Ed., *Existentialism from Dostoevsky to Sartre*, Cleveland: Meridian, 1963.

로 해석하고 있다.

선왕의 유령으로부터 정보를 받고 복수를 하기 위해 광기에 의존해서 얻은 결과는 뚜렷이 없다. 다시 한 번 확실한 증거를 잡기 위해 정신 나간 행동을 하며 클로디어스가 보는 앞에서 상황극을 연출하여 유령이 악마가 아니었다는 사실을 확인하고 뜨거운 복수의 의지를 다지고 있다: "나도 이제 끓어오르는 피를 마실 수 있다. 그래서 한낮에 보기만 해도 떨려 눈을 감게 되는 참혹한 짓도 지금이면 서슴없이 해낼 수 있다"(3.3.351-353). 그러나 또 한 번 햄릿은 그럴듯한 구실을 대며 기도하는 클로디어스를 죽일 수 없었다. 미친 척 행동해서 자신의 복수 의지를 감추려는 행위가 햄릿의 계획에 어떠한 긍정적인 영향을 미쳤는지는 명확하지 않고, 오히려 클로디어스에게 의심만을 사게 할 뿐이었다. 유령을 처음 만난 순간부터 복수를 계획하는 과정에서 광기로 자신을 포장해 버리지만 사르트르의 관점에서 해석해 보면 복수의 성공 여부를 떠나 햄릿의 "미친 척"하는 행위 자체가 "잘못된 신념"의 상태인 것이다. 즉 실제로는 그렇지 않지만 정신 나간 상태가 자신의 본질인 것처럼 주위 사

람들을 혼란시키고 있다.[13]

햄릿은 마지막 순간에 클로디어스를 죽이게 된다. 그런데 햄릿이 자신의 의지로 언제, 어느 순간에, 어떻게 클로디어스를 죽일 것이라는 계획으로 클로디어스를 살해한 것이 아니라, 아이러니컬하게도 클로디어스가 햄릿을 죽이기 위해 계획한 자리에서 우연한 기회에 클로디어스의 계획에 차질이 생겨 클로디어스를 죽이고 자신도 죽게 된다. 클로디어스를 죽이긴 했으나 오레스테스의 복수와 비교해 볼 때 의지에 따른 절차에 차이점이 있는데, "참여"와 "책임"의 단계 앞에서 햄릿의 복수 계획은 멈춰져 있으며 햄릿은 "잘못된 신념"에 빠진 사람의 상황에 놓이게 된다. 햄릿과 같은 상황이 엘렉트라이다. 언젠가 오레스테스가 나타나서 제우스의 상을 넘어뜨리고 아버지의 복수를 해 주길

---

13 사르트르가 『존재와 무』에서 말하고 있는 "잘못된 신념"에 있는 사람들은 처음 만난 남자에게 아무런 생각 없이 자신의 손을 맡기는 여성과, 음식점에서 웨이터의 일이 마치 자신의 본질인 것처럼 너무나 능숙하게 일을 하고 있는 남자가 있다. 『반유태주의자와 유태인』에서는 유태인들을 열등하고 사악한 존재로 취급해서 자신이 엘리트 계급에 속한다고 생각하는 사람의 예를 "잘못된 신념"에 있는 사람의 예로 들고 있다.

바라고 있는 처음의 엘렉트라의 모습에서 자유로운 존재로서의 모습을 확인할 수 있다. 특히 "죽은 자들의 날"에 에이기스테우스에게 반항하기 위해 늦게 하얀 옷을 입고 와 기쁨으로 춤을 추는 모습은 아르고스 시민들에게 엘렉트라가 아트레우스 가문의 혈통을 이어 받은 사악하고 불경스러운 모습의 자유로운 존재로 인식된다. 그러나 오레스테스가 에이기스테우스를 죽이고 클라이템네스트라를 죽이려고 할 때부터 엘렉트라는 처음의 모습을 잃고 오레스테스가 당연한 행위라고 생각하는 복수를 죄라고 말하게 된다. 같이 공모했다는 사실도 부인하고 회개를 하면 안전을 보장해 주겠다는 제우스의 제안에 오레스테스를 따르지 않고 제우스의 노예로 남아 있기로 한다. 선택과 결정은 했지만 고뇌와 책임을 감당한다는 자체가 힘들었던 것이다. 새로운 가치를 위한 자아 발견 대신 엘렉트라는 자신이 파괴하려 하던 기존 질서 체계, 즉 제우스적 체계에 머물기를 원하는 자신을 속인 "자기기만"에 빠지게 된다.

"잘못된 신념"이 "자유"와 "고뇌", "책임감"과 "참여"로부터의 도피라면 "믿을 만한 신념"이나 "확실성"은 무엇인가?

오레스테스의 경우에서 설명이 되었으나 사르트르는 "확실성"에 대한 정확한 의미를 설명하지 않고 있다. 다만 "잘못된 신념"으로부터 "확실성"으로의 회복에 대한 가능성을 암시하고 있는데, 그 가능성은 "전에 타락했던 존재에 대한 자가 회복"(BN 70)을 통해 구체화된다. 그리고 많은 학자들은 "확실성"을 "잘못된 신념"의 반대 개념으로 해석하는 데 대체로 동의하고 있다. 알프레드 스턴은 "모든 가치의 근원으로 자신의 자유를 인정하고 이러한 사실로부터 발생하는 책임감과 고뇌를 받아들이는 사람은 확실하게 존재한다"(171)[14]라고 서술하고 있고, 로버트 올슨도 "사르트르에게 확실한 사람이란 고뇌를 통해 급격한 변화를 경험하고 자신의 자유를 인정하는 사람"(139)[15]이라고 설명하고 있다. 사르트르와 비평가들의 이야기를 따르자면 햄릿이 "확실한 사람"이 되려면 아버지에 대한 복수 차원으로 클로디어스의 살해에는 확실한 대의명분이 있기 때문에 클로디어

---

[14] Alfred Stern, Sartre: *His Philosophy and Existential Psychoanalysis*, New York: Delacorte, 1967.

[15] Robert G. Olson, *An Introduction to Existentialism*, New York: Dover, 1962.

스가 설정해 놓은 틀에서가 아니라 자기 스스로가 만들어 놓은 계획에 의해 클로디어스를 살해하고 뒤이어 발생하는 문제점들을 책임 있게 해결했어야 한다. 사르트르는 "선택은 꿈이나 소망과는 다르다"(*BN* 483)라고 강조하고 있다. 햄릿이 보여 준 복수에 대한 의지는 결정이나 선택의 의미가 아니라 참여와는 무관한 소망의 수준이었다는 해석이다. 햄릿은 복수의 꿈을 소유할 수 있다. 그러나 그 꿈을 위해 행동이 따르지 않는다면 그것은 "잘못된 신념"인 것이다.

오레스테스는 자신이 무엇을 해야 할지 선택을 해서 주어진 문제에 적극적으로 참여하지만, 햄릿은 선택의 단계까지는 다가갔으나 자율적으로 참여하는 데 실패했다. 과정이야 어떻든 클로디어스를 죽이고 복수를 했지만 자신이 적극적으로 계획해서 선택한 행위와 결과가 아니라 우연히 발생한 기회를 수동적인 자세로 임했다는 점에서, 햄릿은 "확실한 사람"의 자격을 갖추지 못하고 "잘못된 신념을 가지고 있는 사람"이 되고 만다. 햄릿이 왜 복수를 지연하는가에 대한 논의는 「햄릿」을 감상하는 데 묘미를 배가 시키고 있다. 그런데 햄릿의 복수 지연은 사르트르의 눈으로 볼 때 다분히 햄릿의 행위에 대해 부정적인 평가를 내릴 수밖에 없게 하는 원인이 되고 있다. 물론 사르트르의 햄릿 읽기가 작품과 셰익스피어의 위상을 저하시킨다는 의미는 결코 아니다. 『존재와 무』와 『파리』는 모두 1943년에 발표된 책들로서 사르트르가 제2차 세계대전 상황 하에서 자국의 입장과 앙가주망(사회참여)을 강조하는 자신의 실존주의 사상을 펼치는 과정에서 나온 이론과 작품이다. 햄릿 특유의 성격을 무시하고 단순 논리로 사르트르의 관점에 햄릿의 경우를 적용시킨 점은 없잖아 있지만 이는 인물극이 아닌 상황극의 중요성을 강조한 사르트르의 논리를 따랐기 때문이다.

5장
『햄릿』의 세계

메이나드 맥은 글의 주제를 햄릿과 등장인물들이 점유하고 있는 공간이라고 한다. 물론 덴마크가 연극의 물리적 무대이긴 하지만 덴마크를 말하는 것은 아니다. 그리고 장면들 뒤에 필연적으로 숨겨져 있긴 하지만 엘리자베스 시대의 영국을 말하는 것도 아니다. 우리가 작품을 읽거나 연극을 보러 갈 때 극이 우리에게 떠오르도록 하는 단순히 상상에 의한 환경을 의미한다.

위대한 극들은 어떤 세계, 소우주라 불릴 수 있는 무엇인가를 우리에게 보여 준다. 그 세계란 사람과 행동, 상황, 사고, 감정 그리고 더 많은 것으로 이루어진 우리가 살고 있는 세계와 같은 세계이다. 그러나 우리의 세계와 같지 않고, 거의 완벽하게 의미심장하고 논리적이다. 극의 세계에서는 각각의 부분이 다른 부분들의 뜻을 함축하고, 각 등장인물들의 삶과 의미는 나머지 다른 모든 인물들의 삶과 의미에 연관되어 있다.

이것이 위대한 극들의 세계가 달라 보이는 이유이다. 가끔 이야기하지만 햄릿의 자리에 오셀로가 있다고 해도 문제될 것은 없다. 그러나 중요한 점은 햄릿의 자리에 있는 오셀로는 존재하지 않을 것이라는 점이다. 그를 표현해 주고 그가 속해 있는 세계, 즉 그와 관련된 목소리, 사람들, 사건과 같은 그만의 특별한 세계가 없다면 오셀로는 상상할수 없다. 앤토니, 리어왕, 맥베스 그리고 햄릿도 마찬가지다. 저자인 맥은 햄릿의 세계를 셰익스피어가 만든 비극 세계 중에서 가장 다양하고, 가장 뛰어나고, 가장 파악하기 어려운 세계라고 지적하면서 자신의 논리를 펼치기 위해 작품에서 세 개의 속성을 언급한다. 여기서 맥은 E. M. W. 틸야드를 인용하면서 어느 누구라도 다른 사람의 『햄릿』해석을 받아들이기 쉽지 않고, 또 누군가가 작품의 한 부분을 설명하려 하면 보통 나머지가 애매해지고, 자신이 말해야 하는 것이 많은 문제점들을 고려하고 있지 않다는 것을 잘 알고 있다고 덧붙여 말하고 있다. 맥은 자신이 선택한 자료들을 옹호하고 싶어하는데, 그것들이 그에겐 흥미롭기도 하고 본질에 대한 입장에 차이가 있을지라도, 문제의 본질에 가까워 보이기 때문이라고 자신의 논리를 펼치기 전에 독자들에게 자신의 입장을 전달한다.

맥이 지적하는 『햄릿』의 첫 번째 속성은 불가사의이다. 사실일 것 같은데, 우리는 종종 모든 위대한 예술 작품은 근본적으로 불가사의한 속성을 가지고 있다고 말하는 걸 들을 수 있다. 그러나 『햄릿』의 불가사의는 특별하다. 햄릿의 복수 지연, 그의 광기, 그의 유령, 햄릿이 폴로니어스와 오필리어, 그의 엄마를 상대하는 데 있어서 볼 수 있는 수많은 논의에서 우리는 불가사의를 느낀다. 그리고 이 극이 (엘리엇에 의하면) "의심할 여지없는 실패작"인지 아니면 가장 위대한 예술 작품인지에 관한 계속되고 있는 논쟁에서도 불가사의를 느낀다. 이 극이 위대한 예술 작품이라면 비극의 가장 높은 위치에 속하는지 아닌지에 대한 논의로부터 만일 그런 비극이라면 극의 주인공은 완벽한 도덕적 감수성을 소유한 사람(브래들리의 관점)인지 아니면 병적으로 자기 중심적인 사람(마다리아가의 관점)인지에 관한 논의에서도 불가사의를 느낀다.

아마도 극이 필요로 하는 것 이상으로 더 많은 논쟁과 해명이 있었을 것이다. 학문적으로 여전히 잘 다듬어진 많은 이론과 대응 이론의 존재 그 자체가 작품의 이해를 위한 영양분을 제공해 주고 있다. 『햄릿』은 셰익스피어의 다른 비극들보다 삶의 비논리적 논리에 더 가까이 있다. 그리고 이런 상황의 원인들을 셰익스피어가 너무나 빈번히 작품을 수정해서 결국은 동기부여가 얼룩졌다거나, 오래된 원본 작품을 이곳 저곳에서 불완전하게 이해했다거나, 혹은 햄릿의 문제들이 셰익스피어의 가슴에 너무나 다가와서 셰익스피어가 문학의 형식적인 용어로 그 문제들을 분리할 수 없었다는 내용에서 찾을 수 있지만, 우리는 비평가로서 원인이 아닌 결과를 다뤄야 한다. 틸야드를 인용해 보면, 극에 있어서 인과 관계 논리를 보여 주는 논리성의 결여가 극의 요점 중 하나이다.

게다가 문제는 이것보다 더 깊이 들어간다. 햄릿의 세계는 특히나 질문으로 구성되어 있다. 극은 고뇌에 찬, 사색적인, 두려움을 표현하는 질문들로 꽉 차 있다. 다른 작품에서는 볼 수 없는 특유의 분위기를 만드는 데 도움을 주면서, 행동의 단계와 심지어 행동의 미묘한 차이까지 나타내 주는 질문들이 있다. 또 다른 질문들도 있는데, 그것들은 언뜻 보기에는 단순해도 그 질문들 자체의 상황을 넘어 결국 햄릿 세계에 점차적으로 퍼져 나가는 불가사의함으로 향하게 되는 것을 볼 수 있다. 이런 식의 질문으로는 극의 시작부터 볼 수 있는 긴장감 넘치는 수하가 있는데, 바나도가 프란시스코에게 "누구냐?" 하는 수하로 시작해 프란시스코가 호레이쇼와 마셀러스에게 "누구냐?"를 외치고, 호레이쇼도 유령에게 "넌 누구냐 … ?"라는 질문을 던진다. 그리고 유명한 질문들이 있는데, 그 질문들은 그 상황을 초월할 뿐만 아니라 극 자체를 초월하게 된다. 즉 햄릿만이 아닌 누구나 처할 수 있는 상황이 된다. 그런 질문을 열거해 보면, ① "인간은 얼마나 완벽한 존재인가! … 그러나 인간은 먼지에 불과하지 않는가?" ② "사느냐 죽느냐 이것이 문제로다." ③ "당장 수녀원으로 가시오. 왜 죄인들을 낳고 싶어하는 거요?" ④ "나는 거만하고, 복수심에 불타고, 야망이 있어 내가 생각할 수 있는 것보다 더 나쁜 죄를 범할 수 있는 인간이요. 그것을 실행에 옮길 시간도 없소. 왜 나 같은 놈이 이 세상을 기어 다녀야 하는 거요?" ⑤ "자네는 알렉산더 대왕도 죽어서 땅에 묻히면 이런 꼴이 된다고 생각하나? … 이처럼 냄새도 나고?"

게다가 햄릿의 세계는 수수께끼의 세계다. 비평가들이 지적하는 것처럼, 주인공 자신이 종종 수수께끼 같은 말을 한다. 그가 말장난을 할 때, 그의 첫 대사 "아주 가까운 사이지만, 끌리진 않는군"에서 볼 수 있는 것처럼 그의 말장난은 깊은 맛을 가지고 있다. 비록 거칠고 현기증 나게 하지만, 폴로니어스가 "왕자님, 내가 누군지 아시겠습니까?"라고 물었을 때, "물론 잘 알지. 너는 포주인데"라는 햄릿의 광기 상태에서의 발언은 폴로니어스가 깨달은 것처럼 임신과 연관된다. 심지어 광기 그 자체도 수수께끼다. 얼마만큼이 진짜일까? 얼마만큼이 꾸며 대는 것일까? 광기는 무엇을 의미하는 것일까? 그의 정신 상태가 어떻든 간에, 계속

되는 수수께끼를 만들어 내면서 햄릿의 정신은 그의 세계를 불안하게 휘젓고 다닌다. 예를 들어, 등장인물의 수수께끼를 이야기해 보면 한 인물의 덕목이 "아무리 빼어날지라도," 어떤 "선천적인 결함"과 "티끌만 한 오점"이 "뛰어난 본질을 종종 간통을 범하게 만든다." 배우의 기술에 대한 수수께끼를 이야기해 보면, 어떻게 한 사람이 자신을 허구화해서 헤카베를 위해 울 수 있는가. 행동에 대한 수수께끼도 있다. 극중 왕의 대사 "우리가 감정적인 순간에 우리에게 한 약속은 감정이 사라지면 힘을 잃는다"에서 볼 수 있듯이 우리는 생각을 거의 하지 않는다. 그리고 다시 "사리분별이 우리 모두를 겁쟁이로 만들고, 우리의 타고난 대범함은 너무나 많은 생각으로 약해지는구나"에서 우리는 많은 생각을 한다.

좀 더 직접 관련이 있는 수수께끼들이 있다. 어떻게 햄릿의 엄마 거트루드는 "여기 정상에 있는 숭고한 이 사람을 버리고, 이처럼 낮은 곳으로 내려왔을까?" 악마일지도 모를 유령이 있다. 왜냐하면 "악마는 선한 모습을 취할 수 있는 힘을 가지고 있기 때문"이다. 오필리어도 있다. 그녀의 행동은 햄릿에게 무슨 의미를 가지고 있을까? 오필리어의 내실에서 그녀를 놀라게 하면서, 햄릿은 그녀의 얼굴을 그리려는 듯 뚫어지게 바라본다. 심지어 기도를 하고 있는 왕도 수수께끼다. 그의 영혼을 정화시키는 복수는 복수인가 아니면 호의를 베푸는 것인가? 햄릿은 어떤가 하면, 무엇보다도 햄릿은 그 자신이 가장 난해한 수수께끼라는 것을 알고 있다. 해 오던 모든 활동을 그만둔 채, 그는 왜 최근에 웃음을 잃었는지 말할 수 없다. 하물며 "내가 왜 살아서 '이것을 해야만 하는데'라고 말을 하는지 모르겠다. 나는 그것을 하기 위한 동기와 의지와 능력과 수단을 가지고 있는데"라고 불만을 토로하면서 왜 복수를 지연하는지도 말할 수 없다.

때문에 햄릿의 세계는 시종일관 불가사의하다. 불가사의는 우리가 완벽한 실마리를 발견한다고 해서 없어질, 단순하게 동기를 잃게 될 그런 문제가 아니다. 불가사의는 처음부터 내장되어 있어서 분명히 극이 우리에게 말하려고 하는 중요한 부분으로, 극의 첫 대사에서부터 우리가 직면해야 할 요소이다. 첫 장면부터 연출되는 불가사의한 장면은 잇을 수 없을 것이다. "바나도?" "별일 없었나?" "누구와 교대했지?" "응, 호레이쇼도 거기 있나?" "그게 오늘 밤에도 다시 나타났나?" "선왕 같지 않나?" "호레이쇼, 왜 그래? 창백해지고 떨고 있구먼. 자, 이제 우리가 허깨비를 본 것이 아니라는 걸 알겠지? 어떻게 생각하나?" "선왕 같지 않나?" "왜 이렇게 철저하게 보초를 서야 하지?" "이 창으로 쳐 버릴까?" "햄릿 왕자님께 이 일을 보고하는 데 동의하지?"와 같은 한밤중에 추운 성의 망대에서, 불안감에 휩싸인 분위기 속에서 두꺼운 옷을 입고 있는 보초들로부터 어둠 속을 뚫고 나오는 수하와 수하에 뒤이은 정체성을 확인하는 질문들이 있다.

비평가들과 관객들 모두 이런 장면에서 단순히 햄릿의 세계가 아닌 그들 자신의 세계의 유령을 보게끔 유혹당한다는 것도 놀랄 일은 아니다. 두 세계 사이에 있는 어두운 성벽 위에서 당황해 하는 한 남자는 암시와 추측으로 자위하면서 유령을 직면할 때, 초자연적인 공포로 그를 "자극"하는 존재를 거부할 수도 기꺼이 받아들일 수도 없게 된다. 여러 명의 등장인물들이 말을 할 때, 우리는 어둠을 통해

속삭이는 이 암시와 추측을 듣는다. 한 등장인물은 "돌아다니는 소문이 있지"라고 말한다. 다른 등장인물은 "내 생각엔 틀림없는 이야기야"라고 말한다. 세 번째 등장인물은 "내가 알기에는" 닭의 우는 소리에 "모든 떠도는 유령들이 그들의 은신처로 서둘러 돌아가지"라고 말한다. "누군가 말하는데" 크리스마스 때 "새벽을 알리는 이 새는" 밤새워 노래하고, "그러면 사람들이 그러는데, 어떤 유령도 감히 떠돌아다니지 못한대." 첫 번째 등장인물이 "나도 들었어"라고 말하며 "어느 정도 믿고 있지"라고 말을 잇는다. 우리가 그 장면을 어떻게 접근하더라도, 그 장면은 불확실성이 핵심인 세계를 만들어 내고 있다는 것이 확실하다.

햄릿 세계의 두 번째 속성도 동시에 우리 앞에 놓여진다. 두 번째 속성은 실재의 의심스러운 본질과 이에 따르는 외양과 실재와의 관계이다. 극은 외양, 마르셀러스가 표현한 대로 하면 "환영", 즉 유령으로 시작한다.[16] 유령은 어쨌든

---

16 "실재"와 "외양"은 각각 "reality"와 "appearance"의 번역이며, "환영"은 "apparition"의 번역이다. "appearance"와 "apparition"의 철자와 발음이 유사하다고 생각하면 문맥의 이해에 도움이 된다.

실재하는, 즉 실재의 매체이다. 유령의 계시를 통해 클로디어스 궁정의 화려한 외양이 간파되고, 햄릿과 우리는 왕이 햄릿을 미워할 뿐만 아니라 햄릿 아버지의 살인자라는 것을 알게 되고, 그의 엄마가 근친상간은 물론 간통죄도 범하고 있는 사실을 알게 된다. 그러나 계시에는 딜레마가 뒤따른다. 그 유령은 그의 아버지 모습을 취한 악마일 가능성이 있다.

일단 이런 딜레마가 일어나게 되면, 딜레마는 모든 곳에서 되풀이된다. 궁정의 관점에서 보면 햄릿의 광기가 있다. 폴로니어스가 햄릿의 광기에 대해 조사하기 시작하고, 폴로니어스는 햄릿으로부터 "출산은 좋은 일이지만 당신의 딸이 임신을 한다면, 조심하시오"라는 자신의 딸에 관한 이상한 충고를 얻는다. 로젠클란츠와 길덴스턴도 가까이서 햄릿을 지켜보는 동안 "인간은 나를 기쁘게 할 수 없어. 여자도 마찬가지야"라는 햄릿의 이상한 확신을 확인하게 된다. 폴로니어스와 왕이 벽걸이 천 뒤에 숨어 있는 동안 폴로니어스는 오필리어를 햄릿에게 (폴로니어스의 저속한 말에 따르면) "풀어놓는다." 그리고 그들이 듣는 말은, "누구든 이미 결혼한 사람은 한 사람을 제외하곤 결혼한 상태로 남아 있을 거야"와 같은 인간 본성의 이상한 비난과 알 수 없는 위협이다.

반면에 햄릿의 관점으로부터 오필리어가 있다. 그녀가 무릎을 꿇고 기도할 때, 그녀는 순수와 헌신의 이미지인 것처럼 보인다. 그러나 그녀는 햄릿이 이미 "약한 자"란 명칭을 부여한 성이다. 그리고 그의 정신 상태가 어떻든지 간에 그가 꿰뚫어 보는 것처럼, 그녀는 또한 속임수에 참여하는 바람잡이다. 유명한 "빨리 수녀원으로 가 버려"라는 외침은 그의 불확실에 대한 고뇌를 보여 준다. 만일 오필리어가 보이는 그대로라면, 살인, 근친상간, 정욕, 간통의 이 더러운 세상은 그녀의 살 곳이 못 된다. 만일 그녀가 "얼음처럼 정숙하고, 눈처럼 순수하다면," 그녀는 세상의 중상과 비방을 견딜 수 없을 것이다. 그리고 만일 그녀가 보이는 대로가 아니라면, 사창가라는 다른 의미로도 사용되는 수녀원[17]도 그녀와 관련이 있다. 뒤따르는 장면에서 그는 마치 그녀가

---

17 영어 단어 "nunnery"는 "수녀원" 외에 "사창가"라는 의미도 있다.

실제로 사창가의 여자인 것처럼 취급한다.

마찬가지로 햄릿의 관점에서 볼 때, 왕에 대한 수수께끼도 있다. 만일 유령이 오직 외양에 불과하다면, 어쩌면 왕의 외양은 실재이다. 그는 그 사실을 더 천착해 나간다. 극중극이라는 두 번째 다른 종류의 "환영"에 의해 그는 그렇게 한다. 그러나 곧 그는 기도 중인 왕을 마주친다. 이 외양은 구원을 희망하고 있다. 만일 왕이 지금 죽는다면, 그의 영혼은 구원받을 것이다. 그러나 사실 우리가 알고 있는 것처럼, 천국에 가기 위한 그의 노력은 헛된 일이었다. 그의 기도는 하늘을 향해 올라가지만, 마음은 이곳 아래 세상에 있다. 만일 햄릿이 클로디어스의 목숨을 살려 주기 위해 보여 준 틀에 박힌 복수하는 사람들의 변명을 보여 줄 속셈이라면, 그를 용서하지 않아도 될 수 있는 완벽한 순간이었다. 죄인이 자신의 죄를 인정하지만 회개는 하지 않는 순간이었다. 극의 다른 곳에서도 볼 수 있는 것처럼 완벽한 순간이 벽걸이 천 뒤에 숨겨져 있었다.

그의 엄마의 방에는 두 개의 벽걸이 천이 있다. 햄릿은 그들 중 하나에 그의 칼을 꽂는다. 마침내 악의 핵심을 찔렀다. 햄릿은 그렇게 생각했다. 그러나 다른 사람이었다. 이제 그는 그 자신이 살인자가 되었다. 또 다른 벽걸이 천은 여왕인데, 햄릿은 칼과 같은 말로 그 천을 찌른다. 그는 현재 그녀의 남편과 그의 아버지를 비교하며 그녀를 나무란다. 그러나 현재 극의 상황을 짚어 보면, 그녀의 두 번째 남편이 그녀의 첫 번째 남편을 죽였다는 사실을 그녀가 어느 정도 알고 있는지 확실하지 않다. 그리고 그녀가 이제 마지막으로 나타난 유령을 볼 수 없다는 것이 뭘 의미하는지 말하기 어렵다. 어쨌든 어떤 의미에서 브래들리의 말을 빌리자면, 이 공허한 세상을 등지고 무덤 너머로부터 응시하고 있는 그 유령은 숨어 있는 최고의 힘을 상징하는 최고의 실재다. 그러나 이 실재를 볼 수 있는 사람은 여왕이 생각하기에 제정신이 아니다. 그녀는 "누구에게 말하고 있는 거니?"라고 그녀의 아들에게 외친다. 햄릿은 의심하면서 "저기 아무것도 안 보이세요?"라고 묻는다. 그리고 그녀는 "여기 있는 건 모두 볼 수 있는데, 아무것도 보이질 않는다"라고 대답한다. 여기서 확실히 우리는 습관에 의해 굳어진 세속적 세계의 동요하지 않는 자신감을 가지고 있어서 실재가 자신감의 눈앞에 있을 때 실재의 존재를 감지할 수 없다.

불가사의처럼 실재의 이러한 문제도 극의 중요한 부분이며 관용구에 많이 사용된다. 『햄릿』에 있어서 셰익스피어가 선호하는 용어들은 기본적으로 외양에 대해 의문을 제기하는 데 사용되는 일반적인 단어들이다. 저자가 이미 언급한 "환영"이 있다. 또 다른 용어로 "~하는 것처럼 보이다, ~인 것 같다"[18]가 있다. 오필리어가 자신의 내실을 떠나는 햄릿을 묘사할 때 "그는 쳐다보지도 않고 갈 길을 아는 것처럼 보였어요"라고 말하고, 햄릿의 첫 궁정 장면에서 그는 엄마에게 "'보인다'구요, 어머니! 아닙니다. 이것은 실재입니다. '보인다'라고 말하는 의미가 뭔지 모르겠네요"라고 말한다. 그리고 햄릿이 극중극 전에 호레이쇼에게 "나도 그를 주의 깊게 쳐다볼 테니, 나중에 그의 태도[19]에 대해 판단을 해 보세"라고 말한다. "~하는 것처럼 보인다, ~인 것 같다"의 애매모호함과 비교해서 "보는 것"[20]에 대한 개념이 설

---

18 영어 단어 "seem"의 번역.
19 영어 단어 "seeming"의 번역.
20 영어 단어 "seeing"의 번역.

정된다. 그래서 덴마크로 돌아간다고 알리는 자신의 의기양양한 편지에서 "내일 폐하를 볼 수 있는 기회를 주십시오"라고 왕에게 요구한다. 그러나 유령에 관한 햄릿의 불확실로부터, 혹은 그의 엄마가 말한 "여기 있는 건 다 볼 수 있는데, 아무것도 보이질 않는다"로부터 우리가 생각해 볼 때, "보는 것" 그 자체가 불분명할 수 있다.

또 다른 중요한 용어로 "가장하다, ~인 체하다"[21]가 있다. 우리가 가장한다는 것은 "악마는 선한 모습으로 가장할 수 있는 힘이 있지"라는 햄릿의 대사처럼 우리의 원래 모습이 아닌 다른 모습을 보여 준다는 것이다. 그러나 "만일 그것이 나의 선한 아버지처럼 보인다면, 난 그것에 말을 할 것이야"의 햄릿 대사는, 보이는 것이 있는 그대로의 우리 일 수 있다. 그리고 "고결하지 않더라도 최소한 그런 척하세요"라고 햄릿이 그의 엄마에게 충고하는 것에서 알 수 있듯이 그 단어는 우리가 아직은 아니지만 곧 그렇게 될 것이라고 말할 수도 있다. 단어에 있어서의 혼란은 햄릿과 우리

---

21 영어 단어 "assume"의 번역.

자신이 경험하는 실제 혼란을 가리킨다. "습관"[22]이라는 단어는 햄릿이 "아버지가 생전의 그처럼 옷을 입고 있어요"[23]라고 거트루드에게 말하는 것처럼 "의복"의 뜻도 가지고 있다. 그러나 이 옷들은 햄릿이 말하는 "죄책감 없이 사악한 짓을 하는 데 익숙해지기 쉽기 때문에 습관이라는 괴물은 끔찍한 겁니다. 그러나 선해진다는 것도 습관이 될 수 있기 때문에 입으면 잘 어울리는 옷처럼 또한 좋은 것이기도 하죠"[24]에서 조만간 우리 자신이 된다.

저자인 맥은 "모양, 형상, 겉치레"[25]와 "~인 체하다, 착용하다"[26]라는 두 용어를 더 소개한다. 먼저 햄릿이 폴로니어스에게 "저기 낙타 모양을 하고 있는 구름이 보입니까?"라고 이야기하는 장면을 생각해 보자. 무언가의 모양은 형태인데, 그 형태를 통해 우리는 모양을 습관적으로 이해한다.

---

22 "습관"은 영어 단어 "habit"의 번역이고, "의복"은 영어단어 "costume"의 번역.

23 "My father in his habit as he liv'd!"

24 "That monster, custom, who all sense doth eat/ Of habits evil, is angel yet in this,/ That to the use of actions fair and good/ He likewise gives a frock or livery/ That aptly is put on."

25 영어 단어 "shape"의 번역.

26 영어단어 "put on"의 번역.

그러나 어떤 모양은 또한 위장일 수 있다. 심지어 셰익스피어 시대에 배우의 의상이나 배우의 역할이 그렇다. 햄릿을 죽이기 위해 음모를 꾸밀 때, "언제 어떤 방법이 우리 계획에 가장 적합할지 생각해 보자"[27]라고 왕이 레어티즈에게 말하는 내용에서 그 의미를 볼 수 있다. "~인 체하다, 착용하다"도 유사한 모호함을 보여 준다. 햄릿이 이 세상에서 "가장" 혹은 "겉치레" 문제로 고민하거나, 혹은 왕이 햄릿이 보여 준 광기의 의미를 고민하고 있는 것만큼이나 셰익스피어는 극에서 이 구절을 고민하고 있다. 햄릿은 미친 연기를 하고 있고, 왕도 알고 있다. 그러나 "~인 체하다, 착용하다"는 뭘 의미할까? 가면, 드레스 혹은 제복과 같이 우리의 의복과 관계가 있지 않을까? 왕은 추측을 하게 되고, 우리도 마찬가지이다.

극의 주요 용어에서 발견되는 위와 같은 내용들은 극의 이미지에서도 발견된다. 앞에서 언급한 것처럼 그중 하나가 옷에 관련되어 있다. 셰익스피어가 『햄릿』에서 우리에

---

27 "Weigh what convenience both of time and means May fit us to our shape."

게 보여 주는 옷은 당연히 중요한 요소이다. 레어티즈가 파리로 떠나기 전에 젊은 사람들에게 어울리는 격언들을 나열하면서 폴로니어스는 "옷이 사람을 만든다"라고 말한다. 일반적으로 그렇다는 것이지 항상 그렇다는 것은 아니다. 그리고 그는 레어티즈의 생활이 어떤지 살펴보기 위해 파리로 자신의 하인 레이날도를 보낸다. 폴로니어스는 "네가 하고 싶은 꾸민 이야기"라는 말을 하면서, 필요하다면 심지어 그의 아들에 관한 "허위 비난"[28]을 만들어 낼 것을 부탁한다. 길을 찾기 위해 우회를 하는 것이 더 좋다라는 의미다. 같은 근거로 폴로니어스는 오필리어에 대한 햄릿의 맹세들을 잘못된 "의복"으로 여긴다. 폴로니어스가 오필리어에게 충고하는 것처럼, 햄릿의 맹세들은 "부도덕한 행위로 여성들을 이끄는 번지르르한 옷을 입고 있는" 뚜쟁이들이다.

안과 밖의 이런 불일치는 폴로니어스에게 어떤 특별한 감정을 불러일으키지 않는다. 왜냐하면 그는 항상 벽걸이

---

28 맥은 본문에서 "a false dress of accusation"란 표현을 한다.

천 뒤에 있거나 누군가를 엿보고 있기 때문이다. 그러나 햄릿에게는 단순한 문제가 아니다. 햄릿의 엄마는 최근에 미망인의 상복을 입고 있었고, 슬픔에 잠긴 눈에는 계속해서 눈물이 흐르고 있었다. 그러나 한 달도 안 돼서, 한 달 조금 지나서, 심지어는 그녀의 장례식 신발이 닳기도 전에, 그녀는 햄릿의 숙부와 결혼했다. 그녀는 상복으로 애도를 표시했다. 그러나 햄릿은 그러지 않았다. 그녀가 그에게 "이 검은 상복은 그만 벗어라"라고 요청할 때, 그는 "사랑하는 어머니, 나의 이 검은 상복뿐만이 아니라" 한숨, 눈물, 어떤 다른 슬픔의 표시도 "나의 감정을 진실되게 나타낼 수 없습니다"라고 비통하게 대답한다.

이 모든 것들이 슬픈 것처럼 보일 수 있죠,
사람들은 원하면 슬픈 척하기 위해 그들을 사용할 수 있죠,
어머님이 겉모양에서 볼 수 있는 슬픔은 내 마음속에도 있어요,
이 옷들은 그것을 암시할 뿐이죠.

여기서 우리가 간과해서는 안 될 것이 언어의 이미지에

극적인 확장을 더해 주는 햄릿의 보이는 복장이다. 햄릿의 복장은 상복으로 된 검은 망토이다. 이것은 그의 아버지에 대한 슬픔의 표시, 또한 우울한 그의 성격의 표시, 외양과 실재가 조율된 그의 존재에 대한 표시이다. 나중에 햄릿이 광기를 보일 때, 오필리어가 폴로니어스에게 너무나 생생하게 묘사하지만 제작자들은 별로 주의를 기울이지 않는 이에 상응하는 "햄릿 왕자님은 모자도 안 쓰고, 셔츠는 풀어 헤친 채, 양말은 더럽고 풀렸으며 발목까지 내려와 있었어요"와 같은 흐트러진 옷을 입을 것이다. 여기서 유일한 질문은 광기 그 자체가 그렇듯 어디까지가 진실이냐이다. 나중에 햄릿은 배에서 돌아와 단순한 여행자의 옷을 입고 있는데 셰익스피어는 우리에게 햄릿의 세 번째 모습을 보여 줄 것이다.

두 번째 패턴의 이미지는 화가의 기교에서 볼 수 있는 감추거나 혹은 드러나 보이게 하는 그림의 용어로부터 온다. 클로디어스에게 기교는 감추는 것이다. 그는 방백에서 우리에게 "화장의 기교로 아름다워진 창녀의 마맛자국이 있는 뺨은 내가 좋은 말로 감추고 있는 추잡한 행동과 똑같다"²⁹라고 이야기한다. 앞서 이야기한 장면인데, 햄릿에게 풀어진 오필리어에게 있어서 기교는 좀 더 복잡하다. 햄릿은 연애 편지에서 "내 영혼의 하늘 같은 우상, 가장 아름다운 오필리어"라고 그녀의 아름다움을 찬양한다. 그런데 "아름다운"의 의미는 뭘까? 햄릿은 오필리어에게 "난 당신, 여성들과 당신들의 화장에 대해 알고 있소. 신은 당신에게 하나의 얼굴을 주었는데, 당신은 그 위에 또 하나의 얼굴을 그렸구려"라고 말한다. 이것은 자연적인 아름다움으로 한 여성이 완벽하다는 것인가? 아니면 창녀의 뺨처럼 "아름다워진" 것인가?

그러나 다르게 사용되면 기교는 진실을 보여 줄 수 있다. 연기란 "자연을 거울에" 비추고, "선은 선한 대로 악은 악한 대로" 그리고 부조리한 시대이지만 "시대의 정신을 그대로" 보여 주는 것인데, 빈에서 발생한 살인의 "이미지"를 이용해 햄릿은 왕의 죄를 파고 든다. 햄릿은 그의 엄마의 내실에

---

29 "The harlot's cheek, beautied with plastering art,/ Is not more ugly to the thing that helps it/ Than is my deed to my most painted word."

서 다시 비슷한 행동을 한다. 햄릿은 그녀를 위해 "당신의 더러운 침대 시트의 땀내 나는 악취"를 말로 생생하게 그림 그리듯 묘사하고, 전통적인 무대 장치를 따른다면 햄릿은 그의 숙부 초상화 옆에 아버지의 초상화를 들고 있으면서, "두 형제의 초상화"로 그녀를 겁에 질려 움찔하게 만든다.

외양과 실재의 주제는 극중극 그 자체에 가장 잘 나타나 있다. 런던에서 요즘 극장의 소문을 가지고 온 순회 극단의 배우들이 있는데, 우리는 갑자기 허구와 현실 사이의 평범한 장벽이 사라지는 상황을 겪게 된다. 여기 우리 앞 무대 위에 극중 왕이라 불리는 배우가 연기를 하고 있는 거짓되고, 잘못된 외양의 극이 있다. 그러나 무대 위에는 이 배우의 연기를 관람하는 또다른 극중 왕인 클로디어스가 있다. 뿐만 아니라 무대위에는 이 두 극중 왕을 지켜보는 굉장한 몰입도로 그 자신 연기자의 역할을 하고 있는 왕자가 있다. 그리고 이 왕들과 왕자 주위에는 거트루드, 로젠클란츠, 길덴스턴, 폴로니어스와 같은 궁정의 관람객들이 있는데, 이들 역시 배우들이다. 그리고 마지막으로 역시 배우들인 이들 관객들을 지켜보는 관객인 우리들이 있다. 관객과 배우의 관계는 언제, 어디서 끝나는지 갑자기 질문하고 싶을 수도 있다.

맥은 햄릿 세계의 불가사의가 1막1장에 가장 잘 드러나 있고, 작품 전반에 퍼져 있는 외양과 실재의 문제들은 2막과 3막에서 최고점에 이르게 되는데 극중극이 가장 훌륭한 상징이 될 것이라고 정리하면서 세 번째 속성에 대해 이야기 한다. 세 번째 속성 역시 극 전반에 노출되어 있지만 4막과 5막에서 잘 나타나 있다고 하는데, 작가는 언뜻 적당한 명칭이 없다고 망설이면서 "죽음"[30]이라는 단어를 선보인다. 여기서 저자는 "죽음"이란 단순히 육체적인 죽음이 아니라 심적 고통과 많은 자연적인 충격을 의미한다고 부언한다.

죽음에 대한 개념은 세 가지 방법으로 우리에게 전해진다. 먼저 『햄릿』은 인간의 약점, 인간 목적의 불안전성, 운명에 대한 인간의 복종을 강조한다. 운명에 대한 인간 목적의 복종은 『햄릿』의 반복되는 주제이다. 운명은 음탕한 여신으로 여신의 비밀스런 곳에서 로젠클란츠와 길덴스턴 같

---

30 영어 단어 "mortality"의 번역.

은 남자들이 살고 번성하게 된다. 운명은 트로이와 헤카베와 프라이엄을 무너뜨린 매춘부다. 운명은 난폭한 적으로서 줏대 있는 사람은 운명의 팔매질과 화살을 참아 내거나 아니면 자살해서 피해야만 한다. 호레이쇼는 운명의 팔매질과 화살을 침착하게 참아 내고 있다. 햄릿에 따르면 호레이쇼는 "감정과 이성이 조화를 잘 이루어서 운명의 변덕에 저항할 수 있는 축복 받은 사람" 중 하나이다. 햄릿이 호레이쇼처럼 되기는 힘든 일이다.

다음으로 질병 문제와 밀접하게 연관된 감염에 대해 강조한다. 햄릿이 포틴브라스가 이끄는 부대를 보면서 "이것은 나라가 너무 부강하고 평화스러울 때 발생하는 것이다. 이 논쟁은 곪아 터져서 그를 죽일 때까지 누군가의 내부에서 자라고 있는 종기와 같다. 그 누구도 이유를 모르지"라고 말하는 장면에서 실례를 볼 수 있다. 스퍼전에 따르면 셰익스피어의 시각적 상상력이 관련되어 있는 한, 『햄릿』에 있어서 문제는 의지와 이성이 아니고 심지어 개인의 문제도 아니다. 그것은 어떤 상황인데, "자신을 힘들게 하면서 자신을 파괴하지만, 그럼에도 발생 경로와 진행에 있어서 치우치지 않고 가차 없이 죄가 있건 없건 똑같이 자신과 다른 사람들을 전멸시키는 전염병을 환자가 비난하는 것 이상으로 개인이 전혀 책임질 수 없는 상황이다." 스퍼전은 "이것이 『햄릿』의 비극이고, 삶의 주된 비극적 불가사의일 것이다"라고 말한다. 맥은 이 내용을 통찰력 있는 논평이라고 평하는데, 셰익스피어의 다른 비극 주인공들의 상황과 마찬가지로 햄릿의 상황이 자신이 만들어 낸 것이 아니기 때문이다. 햄릿은 그 상황을 물려받았고 그는 "그것을 옳게 고칠 운명이다."

마지막으로 죽음이라는 주제의 주된 형태는 손실에 대한 깊은 의식에서부터 온다. 햄릿의 아버지가 "겉보기에 정숙한 여왕"이 사랑을 배반했다고 말할 때 손실에 대한 표현을 하게 된다. 여기서 사랑은 "합법적인 결혼에 어울리는 품위와 헌신을 보여 주는 사랑"인데, 여왕은 이런 자신을 버리고 "자신과 비교해 볼 때 천성이 형편없는 비열한 놈에게" 가 버렸다. "아, 햄릿, 여왕이 얼마나 깊이 타락했는가!"라고 유령은 한탄한다. 오필리어도 수녀원에 가라는 장면에서 햄릿이 사랑과 여성을 비난하는 소리를 듣고는 햄릿이 제정신이 아니라고 생각하면서 손실에 대한 감정을 토로한다.

오, 한때 고귀했던 영혼을 그는 잃었구나!
그는 신사의 우아함과 학자의 지혜와 군인의 용맹함을 소유
하고 있었는데,
그는 나라의 귀중한 사람이었고, 왕권의 계승자였으며,
존경받는 모두의 귀감이었는데,
너무나 타락해 버렸구나!

사실 관객은 오필리어가 묘사하고 있는 햄릿의 위와 같
은 모습은 볼 수 없는데, 햄릿을 처음 만나기 전에 그는 엄
마의 재혼으로 정신적인 어려움을 겪는 상황이었다. 그리
고 클로디어스가 오필리어를 "정신에 혼란을 느껴 판단력
을 잃었는데, 이것이 없으면 그림이나 짐승과 같지"라고 묘
사하는 것처럼 오필리어가 정신분열을 경험할 때 더 심한
손실이 발생한다.
저자인 맥은 "햄릿은 천사와 짐승, 신의 형상으로 만들어
진 영광과 타락한 아담으로부터 물려받은 원죄 사이에 혼

란을 겪고 있는 인간의 어려움을 극도로 잘 인식하고 있다"고 틸야드 교수의 말을 인용한다. 맥은 햄릿이 그 이상으로 어려움을 인식하고 있으면서 그 실례를 보여 준다고 주장하는데, 햄릿의 문제가 우리 자신의 이미지로서 강력하게 우리에게 호소하는 것은 바로 이런 이유 때문이다.

극의 마지막인 5막에서 햄릿은 자신의 세계를 받아들이고 우리는 변한 햄릿을 발견하게 된다. 셰익스피어는 우리에게 변화의 과정을 자세히 설명하지는 않는다. 그런데 햄릿은 5막 전 몇 장을 무대에 등장하지 않는다. 이 부재의 시간에 햄릿의 성격에 있어서 변화가 발생했을 것이다. 옷의 상징성으로 이야기해 보면, 햄릿은 이제 다르게 보인다. 그는 다른 옷, 선원용 외투를 입고 있는데, 더 이상 그의 광기를 보여 주는 흐트러진 의복이 아니다.

햄릿이 보여 주는 변한 모습은 "전조를 무시하는" 그런 차원이 아니라, 햄릿의 몸가짐의 문제다. 비극적인 의미에 있어서 "분명해진" 한 인간의 몸가짐을 우리는 볼 수 있는데, 브래들리는 이것을 운명론이라 부른다. 매우 독특한 종류의 운명론으로 셰익스피어는 참새의 추락에 대한 마태복음의 이야기와 신이 우리의 목적을 실행한다는 햄릿의 인식을 보여 주고 있다. 햄릿이 갑자기 종교적인 인물이 됐다는 것이 아니라, 그는 내내 종교적이었다. 요점은 햄릿은 이제 인간의 행동과 인간의 판단이 금지된 영역을 이해해서 받아들이게 됐다는 것이다.

햄릿의 새로운 모습을 결정적으로 볼 수 있는 장면은 묘지 장면이다. 이곳에서 햄릿은 인간이란 존재의 상황에 직면하고, 깨닫고, 받아들인다. 단순히 죽음을 받아들인다는 것이 아니다. 햄릿의 말이 가리키는 것은 끊임없이 마음속에 떠오르는 삶 그 자체의 불가사의다.

묘지 장면을 거치면서 우리는 햄릿이 강력한 적들과 마지막 시합을 준비하고 있다는 것을 알게 된다. 햄릿은 있는 그대로의 세계, 결투의 세계를 받아들인다. 우리가 알고 있든 아니든, 결투의 세계에서는 악이 독이 묻어 있는 칼을 쥐고 있고 독배가 기다리고 있다. 결투에서 이긴다 해도 모든 걸 잃게 된다. 이 모든 것들이 다른 비극 영웅들과는 달리 햄릿이 무대 위에서 용사의 예를 받게 되는 이유일 것이다.

6장
햄릿과 영웅

1. 햄릿과 르네상스 시대

1) 르네상스 시대 배경

쥘 미슐레와 야코프 부르크하르크와 같은 19세기 역사가들이 르네상스에 대한 체계적인 개념을 설명하기 시작한 이래로, 그 개념은 꾸준한 논란이 되어 왔다. 어떤 학자들은 르네상스를 뚜렷한 한 시기로서 정확하게 테두리를 만들 수 있는지에 대해 회의적이기도 하다. 즉, 르네상스 시대의 기간에 의문을 품기도 하고, 혹은 다양한 르네상스 시기들을 제시하기도 한다. 확실히 르네상스 시대로 알려진 시기를 주의 깊게 살펴보면, 다양한 국가에서 다양한 현상을 보이고 다양한 분야가 다양한 속도로 진행된 듯하다. 예를 들어 르네상스 회화는 우리가 알고 있는 르네상스 음악보다 오래전에 발생했다. 그럼에도 불구하고, 이런 경우 우리가 여전히 "르네상스"를 이야기한다는 사실은 그 현상에 내재하는 어떤 일관성이 존재한다는 것을 암시한다. 그리고 과거와 단절했다는 강한 의식을 가지고 우리가 르네상스로 부르는 시기에 활동했던 많은 인물들이 있는데, 그들은 자신들이 독특한 시기에 살았다고 생각한다. 비록 그들이 "르네상스"라는 용어를 사용하지 않았을지라도, 『학문의 진보The Advancement of Learning』(1605)에서 프란시스 베이컨 같은 작가들은 자신들을 새 시대의 여명기에 도착했다고 말한다. 비록 르네상스 시대가 역사가들이 구축해 놓은 개념일지라도, 그 개념은 셰익스피어가 『햄릿』을 통해 성취한 내용을 포함해서, 넓은 범위의 현상을 이해하는 데 유용하다.

르네상스는 부활, 재생, 부흥과 같은 의미를 가지고 있었다. 대략 14-15세기 이탈리아에서 시작해서 점차 유럽의 나머지 지역으로 확산되었는데, 현 시대에 있어서 고전 시대[31]의 부활을 의미한다. 오늘날 우리는 주로 미학적인 관점에서 이 시대를 바라보면서 그리스 조각과 건축의 모방을 이야기하고, 서사시에서 보여 준 호머와 버질의 정신을 회복하려 하고, 혹은 현대 오페라에서 그리스 비극의 재창조를 위한 노력 같은 현상을 지적하는 경향이 있다. 그러나 르네상스는 단순히 우리가 문화적 사건이라 부르는 것만은 아니었다. 예술 정신뿐만 아니라 고전 시대의 정치 형태를 부활하기 위한 노력을 수반하면서, 르네상스는 유럽 생활의 구조 안으로 훨씬 더 깊숙히 파고들었다. 우리는 이런 내용을 르네상스 시대의 많은 국가들이 취했던 제국주의적 야망에서 볼 수 있다. 즉, 에드먼드 스펜서가 보여 준 것처럼, 세 번째 트로이로서 로마의 뒤를 잇는 영국의 개념에 반영된 실례에서 볼 수 있듯이 여러 국가들은 로마의 정

---

31 일괄해서 그레코-로만 세계(Greco-Roman world)로 알려진 고대 그리스와 고대 로마의 맞물린 문명으로 이루어진, 지중해를 기반으로 하는 기원전 8세기와 서기 5-6세기 사이의 문화사 기간이다. 이 시기에 그리스와 로마 사회는 번 영했으며 유럽, 북아프리카, 서아시아에 막강한 영향력을 행사했다.

복에 필적하길 바라고 있다. 더욱 중요한 것은, 이탈리아는 르네상스 시대에 고대 세계의 특징으로 대부분 중세 시대에 사라진 공화국 형태의 정부를 되살리기 위해 노력했다. 실제로 르네상스가 이탈리아에서 시작한 것은 우연이 아니다. 이탈리아의 플로렌스와 베니스 같은 공화국들은 아테네와 로마의 위대한 문화적 업적의 기반이 되었던 시민생활을 되살리기 위해 유럽의 어떤 다른 지역 공동체보다 더 많은 노력을 했다.

그러나 르네상스는 고대 세계의 원칙이나 현상으로서의 단순한 복귀만은 아니었다. 그것은 기독교 문화 내에서 고전 시대의 부활이었다. 그리고 비기독교도 그리스와 로마 생활 양식으로의 완전한 복귀는 기독교 문화 때문에 불가능하게 되었고, 결과적으로 르네상스 시대는 고전과 기독교 요소들의 불편하고 불안정한 동반으로 특징 지어진다. 물론 고전과 기독교 문화가 조화를 이룰 수 있는 방법이 있다. 기독교와 고전 철학의 윤리학은 모두 인간 본성의 동물적 부분으로서의 열정을 경시하고 그 열정의 통제를 윤리적 행위의 목표로 여기고 있다. 『파이도*Phaedo*』[32]에서 죽음을 준비하는 플라톤의 철학은 기독교 관점에서 어렵지 않게 재해석될 수 있고, 에라스무스의 대화, "종교 연회"(1533)에서 한 등장인물은 소크라테스의 마지막 글을 읽을 때 "성인 소크라테스여, 우리를 위해 기도하시오"(254)[33]라고 말하고 싶은 충동을 느낀다. 르네상스 사상가들은 종교적 목적으로 고전 작품들을 차용하는 오랜 전통에 의존할 수 있었다. 심지어 중세 시대에도, 많은 고전 작가들은 기독교 진리를 확신하고 그 과정에서 실제로 성자의 반열에 오르기도 했다. 평화의 황금 시대를 이끌 한 갓난아이를 예언하고 있는 버질의 네 번째 전원시는 비기독교도가 그리스도의 재림을 알고 있다는 것을 오래전에 반영한 것으로 알려지고 있다.

이와 같은 기독교 교리와 고대 그리스 로마 작가들이 보여 준 조화의 실례를 통해 많은 역사가들은 르네상스 시대

---

32 『국가론』, 『향연』과 함께 플라톤의 잘 알려진 대화 중 하나로 대화의 철학적 주제는 영혼의 불멸이다. 소크라테스가 죽기 몇 시간 전을 배경으로 하고 있다.

33 Desiderius Erasmus, "Convivium Religiosum", *Opera Omnia vol.3*. Amsterdam, 1972.

를 고전과 기독교의 장엄하고 성공적인 동반으로 보고 있는데, 보통 "기독교 인문주의"라는 이름으로 논의되고 있다. 이 용어는 사실 르네상스 담론의 한 부분이 되어서 우리는 그것이 로미오가 이야기하는 "차가운 불"이나 "아픈 건강"(1.1.181)과 같은 모순 어법이라는 것을 잊어버릴 위험이 있다. 기독교는 인문주의라는 용어가 가지고 있는 일반적인 관점에서 볼 때 인문주의의 한 형태는 아니다. 실제로 역사를 통해서 보면, 기독교는 인문주의와는 대립의 관계를 유지해 오고 있다. 즉, 정,반,합 개념에서 반의 위치에 있어 왔다. 따라서 비록 누군가 자신을 기독교 인문주의자라고 생각하는 르네상스 시대의 작가들이 분명히 활동했겠지만, 그들의 활동 내용은 당시에 논란이 되었으며, 사실 교회는 그들을 비기독교도로 여겼다는 것을 잊지 말아야 한다. 이 현상에 대한 연구는 그 개념이 얼마나 깊은 문제점을 지니고 있는지, 얼마나 많은 갈등과 모순이 그 단순한 명칭에 숨겨져 있는지에 대한 솔직한 인정과 함께 시작해야 한다. 기독교 인문주의의 논의는 단순히 기독교와 고전을 합하면 완성되는 것으로 여겨지고 있다. 그러나 사실 그 두 전통은 치명적인 적대 관계는 아닐지라도, 항상 거의 대립을 해 왔다. 기독교는 고전적인 가치를 의식적으로 반대하면서 발전했고, 로마에서 발전한 고전 문화는 오랫동안 기독교를 근절하려 했다. 비록 두 전통이 가끔 평화로운 관계에 있는 것처럼 보였을지라도, 그들의 화해는 지속적인 동맹보다는 일시적 정전에 더 가까웠으며, 마침내 하나가 다른 하나에 연속적인 우위를 점하려 해 왔다.

두 전통에 있어서 영웅적 행위에 대한 개념을 확인해 보면, 기독교와 고전 정신을 융합하는 것이 얼마나 어려운 작업인지를 알 수 있을 것이다. 호머의 『일리아드*Iliad*』에서 아킬레스는 특히 빼어난 고전적인 영웅으로 전혀 기독교적인 인물이라고 생각할 수 없다. 아킬레스는 자부심이 강하고, 공격적이며, 복수심이 가득하고, 자신의 힘에 만족해 하며, 적에게 무자비하다. 아킬레스가 헥토르에 대한 승리를 얼마나 자랑스러워 하고 자신에 의해 쓰러진 희생자를 어떻게 모욕하는지 보자.

헥토르여, 넌 파트로클로스를 죽이고 네가 무사하리라 생각

했겠지,

내가 멀리 있어서 넌 나의 존재를 모르고 있었겠지,

오, 어리석은 자여, 텅 빈 배들 옆 멀리, 그보다 훨씬 강한 자가

복수를 하려고 기다리고 있었다. 그게 바로 나다.

난 너를 무릎 꿇게 했다. 너의 시체를 갈기갈기 찢어 개와 독

수리의 먹잇감이 되게 하겠다.

아카이아 군은 파트로클로스의 장례를 지낼 것이다.

…

이 비겁한 자식, 내 부모를 내세워 애원하지 마라.

네가 나한테 한 소행을 되돌아보면

분노가 치밀어 너를 토막 내어

날로 먹어도 시원치 않다. (XXII. 331-336, 345-348)[34]

이 상황은 아킬레스에게 확실히 극단적인 순간으로, 그는 자신의 분노를 자제하는 법을 배워야 한다. 게다가, 플라톤의 『국가론Republic』에서 왜 고전의 철학적 전통이 고전

---

34 Homer, *The Illiad*, Trans., Richmond Lattimore, Chicago, 1951.

의 영웅적 전통보다 기독교와 더 쉽게 조화를 이루었는지 그 이유를 암시하는 호머에 대한 소크라테스의 비평을 본다면 알 수 있는 것처럼, 아킬레스적인 규범은 그리스 문화 내에서 논쟁의 여지가 없지는 않았다. 그러나 이러한 상황에서 그의 자만심과 분노에도 불구하고 아킬레스는 계속해서 그리스 청년들의 본보기, 규범으로 받들어진다. 호머의 인물 묘사가 필경 알렉산더 대왕의 야망을 타오르도록 자극했을 것이다. 고전 문화에서 아킬레스가 영웅으로서 중심적인 역할은 하고 있다는 사실로부터 고대 그리스인들과 로마인들이 위대한 고전 영웅들의 행동을 자극했던 자부심, 노여움, 분노, 야망의 복합체인 그리스인들이 말하는 "열정thumos"을 허구 세계에서는 물론 현실 세계에서도 어떻게 귀하게 여겼는지를 알 수 있다.

아킬레스의 대사를 기독교 전통의 중심 인물인 예수의 산상수훈과 비교해 보자.

심령이 가난한 자는 복이 있나니 천국이 그들의 것임이요.

온유한 자는 복이 있나니 그들이 땅을 기업으로 받을 것임이요.

긍휼히 여기는 자는 복이 있나니 그들이 긍휼히 여김을 받을 것임이요.

나는 너희에게 이르노니 형제에게 노하는 자마다 심판을 받게 되고 형제를 대하여 라가[35]라 하는 자는 지옥 불에 들어가게 되리라.

…

또 눈은 눈으로, 이는 이로 갚으라 하였다는 것을 너희가 들었으나

나는 너희에게 이르노니 악한 자를 대적하지 말라 누구든지 네 오른편 뺨을 치거든 왼편도 돌려 대며.

(마태복음 5장: 3, 5, 7, 22, 38-39)

이 원칙에 의해 평가받는다면, 아킬레스는 곧바로 지옥으로 가야 한다. 예수는 모든 면에서 고전적 영웅인 아킬레스와는 대조를 이룬다. 예수는 자부심 강하기보다는 겸손하고, 복수심에 불타기 보다는 자비롭고, 공격적이기보다

---

35 히브리인의 욕설.

는 수동적이고, 증오심으로 불타기보다는 죄를 용서해 준다. 고전적인 관점에서 보면, 실제로 예수에게 영웅적인 심리 같은 것이 있는지 의심해 볼 만하지만, 기독교는 영웅적인 행동을 재정의해서 고통을 겪는 어려움이 해를 입히는 고통보다 더 숭고하고 더 깊은 형태의 영웅적 행동이 되었다. 특히 빼어난 기독교적 영웅은 순교자다. 『리비의 첫 열 권 책에 대한 담론*Discourses on the First Ten Books of Livy*』(1531)에서 마키아벨리는 영웅적 행동에 있어서 두 개념 사이의 차이점을 설명한다.

비기독교도 종교는 부대의 지휘관들이나 공화국의 윗선에 있는 사람들과 같은 오직 커다란 명예를 얻은 사람들만 신격화했다. 반면에 우리 종교는 활동적인 사람들보다는 겸손하고 사색적인 사람들을 더 찬미한다. 게다가 우리 종교는 겸손과 낮아지기 그리고 세속적인 것의 경멸에 최선을 두고 있다. 반면에 다른 종교는 영혼의 위대함, 육체의 강인함, 인간을 강하게 만드는 어떤 다른 자질에 최선을 둔다. 그리고 만일 우리의 종교가 우리에게 영혼의 강인함을 요구한다면, 그

것은 위대한 업적을 성취할 수 있게 하기보다는 고난을 겪을 수 있게 하는 것이다. (285)[36]

기독교 기원에 대한 니체의 이야기를 들어 보면, 고전 세계 정신에 대한 의식적인 반발이 기독교의 발생 원인인 것이다. 그리스와 로마인들이 선이나 숭고한 것으로 여겼던 것들이 기독교에서는 악으로 비난받는다. 반면 그리스와 로마인들이 악이나 천한 것으로 여겼던 것들은 기독교에서는 선으로 평가받는다. 구체적으로 이야기하면, 고전적 영웅의 자부심과 힘은 기독교 입장에서는 악의 최정점으로 여겨진다. 그러나 그런 영웅의 희생자로서의 고통은 의식적 선택의 결과로 재해석 되어져 선이 되는데, 기독교의 순교자는 기꺼이 자신의 고통을 받아들여야 하기 때문이다. 라블레의 그랑구지에는 『가르강튀아와 팡타그뤼엘*Gargantua and Pantagruel*』(1532)의 첫 번째 책에서 현대 유럽인의 상황을

---

36 Niccolo Machiavelli, *The Prince and the Discourses*, Trans., Christian E. Detmold, New York, 1950.

다음과 같이 정의한다.

> 고대 세계의 허큐리스, 알렉산더, 한니발, 스키피오, 카이사
> 르와 같은 이들을 모방하는 일은 복음의 내용에 반하는 것이
> 다. … 사라센이나 바바리안인들이 한때 용감한 행위라고 부
> 르던 것들을 우리는 사악함이나 도둑행위라고 부르고 있는
> 것이 사실 아닌가? (121)[37]

2) 르네상스 서사시 전통에 있어서의 영웅주의

아킬레스와 예수 사이의 비교를 통해 명확함이 드러나는 듯하지만, 무비판적인 방식으로 기독교 인문주의의 개념이 르네상스 연구에 종종 적용되고 있다. 따라서 기독교와 고전 정신이 기본적으로 양립할 수 없다는 것과 두 전통의 통합된 모양, 즉 합의 개념을 만들기 위해서는 영웅적 행위와 같은 중심 개념들의 재정립과 재해석이 필요했다는 것

---

37 Francois Rabelais, *Gargantua and Pantagruel*, Trans., Jacques LeClerq, New York, 1942.

을 상기할 필요가 있다. 이런 과정을 르네상스 서사시에서 볼 수 있다. 르네상스 시대의 비평가들은 서사시를 비극보다 훨씬 더 높이 평가하면서 문학의 가장 높은 형태로 간주했다. 따라서 그들은 르네상스 문학이 『일리아드』나 『아에네이드*Aeneid*』와 같은 작품들에 비견할 만한 뛰어난 작품을 만들어 낼 때까지는 고전 시대와 비교할 수 없다는 걸 느꼈다. 그러나 고전 서사시를 인간 본성의 특별한 관점과 특히 특별한 형태의 귀족적이고 호전적인 미덕에 대한 찬양으로부터 분리할 수 없다. 따라서 고전 시대의 서사시를 모방하는 데 있어서 기독교 영향 아래에 있던 유럽의 작가들은 커다란 벽을 앞에 두고 있었다. 그들은 『기독교 왕자의 교육*The Education of a Christian Prince*』(1516)에서 "너는 예수 그리스도와 일체가 됐는데, 카이사르와 알렉산더 대왕의 길로 빠지고 있는가?"(153)[38]라는 에라스무스의 경고에 신경을 써야 했다.

---

38 Desiderius Erasmus, *The Education of a Christian Prince*, Trans., Leonard K. Born, New York, 1939.

아킬레스와 같은 서사적 영웅은 르네상스 감수성에 비해 너무 잔인하고 야만적이다. 이것이 그 시대 작가들이 본보기로 『아에네이드』를 더 선호하는 이유다. 왜냐하면 버질은 이미 그의 경건한 아이네이아스의 모습으로 고전적인 영웅을 교화시키고 길들였기 때문이다. 여러 면에서, 버질의 아이네이아스는 호머의 헥터를 좀 더 닮았고, 반면에 아킬레스는 『아에네이드』에서 아이네이아스가 무찔러야만 하는 전사인 터너스의 형태로 등장한다. 버질에게는 한 도시에 봉사하면서 도시가 원하는 것을 따르는 영웅이 근본적으로 자신의 명예에 관심이 있는 아킬레스 식의 외로운 늑대에 승리한다. 그러나 『아에네이드』도 결국은 로마의 제국주의적 야망과 성취를 찬양한다는 점에서 역시 기독교 교리와 충돌한다. 비록 작품의 영웅이 개인적인 영광보다는 더 큰 목적을 추구할지라도, 그의 목적은 여전히 애국적인 성향을 드러내야만 하고 비기독교적 이상인 세속적인 명예와 밀접하게 연관되어 있다.

호전적인 영웅주의의 서사적 찬양과 기독교 교리를 묶어야만 하는 딜레마 상황에서 많은 르네상스 작가들이 발견한 답은 십자군 개념이다. 만일 어떤 고결한 영웅이 비기독교도 적들에 대항하는 기독교를 대표해서 싸운다면, 그가 보여 주는 어떤 잔인한 행위도 종교적인 정당성을 부여받을 수 있다. 그는 자신의 나라를 위해 싸우는 것이 아니라 진정한 신념을 위해, 그래서 영원한 하늘의 영광과 구원을 위해 싸우게 된다. 아리오스토의 『광란의 오를란도*Orlando Furioso*』(1516)에서 이러한 내용을 볼 수 있고, 이탈리아 르네상스 서사시 중 가장 위대한 작품인 타소의 『해방된 예루살렘*Gerusalemme Liberata*』(1575)에 가장 잘 나타나 있다. 예루살렘을 사라센의 수중에서 해방시키기 위해 싸우는 한 영웅은 어떤 기독교적 서사시를 위한 이상적인 주제가 될 수 있다. 영국에서 스펜서는 서사시의 기독교화를 더 깊이 있게 진행시켰다. 『요정 여왕*The Faerie Queene*』(1590, 1596)에서 스펜서의 기사들은 신성이나 순결과 같은 어떤 고귀한 비-아리스토텔레스적인 그리고 비-고전적인 미덕들을 나타내거나 지지한다. 스펜서가 자신의 주제를 위해 중세 시대와 아서 왕과 그의 기사들의 전설에 의지한 것도 우연은 아니다. 기사도 관념에 대해 이야기해 볼 때, 중세의 작가들은 서사적 전사를 교화시키고 길들이는 데 있어서 버질보다 한 걸음 더 나갔다. 여성들을 위해 싸우고 예의 바르게 미덕을 실천하는 전사들은 아킬레스보다 덜 폭력적일 것이다. 그리고 실제로 중세 시대의 기사도를 보여 주는 서사시에서 전쟁의 잔인함은 『일리아드』나 심지어 『아에네이드』의 정신과는 이질적인 용맹에 의해 완화된다.

따라서 예의바르고 정중한 기사나 기독교인 전사의 개념은 르네상스 서사시 작가들에게 새롭고 좀 더 고상한 개념의 영웅주의 모습으로 고전적 서사시를 뛰어넘을 방법을 발견했다고 주장할 근거를 제공해 주었다. 포르투갈의 국민적 서사시인 『루시아드스The Lusiads』(1572)[39]의 첫 번째 칸토에서 르네상스 작가들의 만족하는 모습을 볼 수 있다.

현명한 그리스인, 혹은 트로이인들,

---

39 포르투갈의 가장 위대한 시인으로 알려진 루이스 바스 드 카몽이스(Luís Vaz de Camões, 1524-1580)가 쓴 서사시로 버질의 『아에네이드』에 비교된다. 포르투갈 탐험가인 바스코 다 가마(Vasco da Gama, 1469-1524)가 인도로 가는 뱃길을 발견한 것을 찬양한다.

그리고 그들의 위대한 탐험 이야기는 더 이상 펼쳐지지 않네.

필립의 아들과 트라야누스 황제가

전쟁에서 얻은 명예도 전해지지 않고 있네.

나는 화성과 해왕성이 모두 순종하고 있는

루지안 집안의 정신을 발랄하고 용감하게 노래하네.

시신이 옛날에 불렀던 노래를 모두 잊어라,

더 숭고한 용기를 이제 칭송하게 되리라. (I.3)[40]

그러나 바스코 다 가마의 탐험을 묘사하는 데 있어서 카몽이스가 고전 세계에서 묘사된 무엇인가를 뛰어넘는 좀 더 숭고하고 정신적 의미가 부여된 영웅주의의 새로운 버전을 실제로 보여 주었는가? 아니면 아킬레스나 아이네이아스가 시도한 세속적인 모험 위에 단순히 숭고함이라는 겉치레만을 펼쳐 놓은 건가? 『루시아드스』가 포르투갈의 식민지 야망을 찬양한다는 사실은 작품이 표방하는 고결함이 겉치레일 수가 있다는 것을 암시한다. 열 번째 칸토에

---

40 Luís de Camões, *The Lusiads*, Trans., Leonard Bacon, New York, 1950.

있는 왕에 대한 그의 폐회사에서 카몽이스는 그가 정신적인 것과 물질적인 것을 동시에 똑같이 지지하고 있다는 것을 보여 준다.

당신의 기사들을 많이 존경하십시오
두려움을 모르는 뜨거운 피로,
그들은 최고의 믿음을 찬양할 뿐만 아니라
먼 곳까지 당신의 눈부신 왕국을 넓히고 있습니다. (X.151)

일곱 번째 칸토에서 유럽의 정복자들에 대한 그의 훈계에서 카몽이스는 더 직설적이다.

그런 재물이 너의 마음을 자극하겠지,
성전은 너의 마음을 동요시킬 수 없지. (VII.11)

카몽이스를 위선자라고 말하는 것이 아니라, 르네상스 서사시에 있어서 고전주의 정신과 기독교의 융합이 깊은 문제점을 안고 있어서 항상 그리고 필연적으로 안정적인 통합을 만들어 낼 수 없다는 것을 제안하기 위해 단순히 『루시아드스』의 예를 드는 것이다. 기독교는 이질적 형태의 고전주의 서사에 편입되는 과정에서 순수성을 잃게 되어서 고전 영웅주의를 새로운 수준의 숭고함으로 끌어올리지 못하고, 대신 식민지 팽창과 같은 세속적 목적을 합리화시키는 봉사 기능으로 낮아졌을 가능성이 있다는 것에 주의해야 한다. 모든 르네상스 시대의 사람들이 고전의 형태 안에 기독교의 내용을 넣기 위한 노력에 행복해 한 것은 분명 아니었다. 왜냐하면 종교 개혁 지도자들을 포함해서 많은 사람들의 눈에 그 결과는 비기독교 사상의 기독교화가 아니라 기독교의 비기독교화이기 때문이다. 르네상스 서사시의 구조에 이의를 제기한 사람이 존 밀튼이다. 밀튼의 『실락원Paradise Lost』(1667)이 르네상스 서사시 중 가장 위대한 작품으로 불리기 때문에 이 말이 이상하게 들릴 수 있다. 그러나 이 시가 형태의 정점임을 보여 줌에 따라, 이전에 작가들이 고전과 기독교 미덕 사이에 구축하려 했던 결합을 파괴하면서, 『실락원』은 기본적으로 르네상스 서사시 전통을 전복하게 된다.

밀튼은 기본적으로 좀 더 전통적인 르네상스 서사시를 염두에 두고 있었다. 주제를 선택하는 데 있어서, 밀튼은 『요정 여왕』을 닮은 시가 될 뻔한 아서 왕에 기반한 서사시를 고려했었다. 그러나 밀튼이 아서 왕의 내용에 대한 역사적 진실성에 의심을 품게 되었다는 사실 말고도, 아마도 1650년대의 영국 정치에 대한 그의 환멸이 불가피하게 애국적인 모양이 됐었을 주제를 포기하게 했을 것이다. 대신에 인류의 선조로서 특정 국가에 한정되지 않고 보편적 관심사가 될 수 있는 아담과 이브의 이야기를 선택해서, 밀튼은 서사시는 성격상 국가적이어야 한다는 오래된 전통과 관계를 끊었다. 주제 선택에 대한 밀튼의 회고를 보면, 서사시로서 『실락원』에 대한 논쟁의 요지를 볼 수 있다.

처음에 내가 이 영웅시의 주제에 관심을 가진 이래로
선택은 오래 걸렸고 시작은 늦었다.
지금까지 영웅시의 유일한 주제로
전쟁을 노래하는 것은
선천적으로 흥미가 없으니, 그 주된 기교는

가상의 전투에서 길고 지루하게

허구의 기사들을 보여 주는 것이다.

보다 훌륭한 인내의 꿋꿋함과

영웅적 순교는 노래하지 않고. (IX.25-33)[41]

밀튼은 기독교 개념의 수동적 미덕과 고전 개념의 능동적 미덕을 명백하게 비교하는데, 고전 서사시에서 나타난 고귀한 행동으로서의 전쟁에 대한 찬양을 거부하면서 기독교적인 미덕을 더 선호하고 있다. 밀튼은 "무서운 아킬레스의 분노만큼이나 영웅적인 주제"(IX.13-15)를 보여 주고 있다고 하는데, 따라서 고전적 가치의 기독교적 재평가로 요약할 수 있다.

고전적 미덕들을 『실락원』에서도 분명히 볼 수 있지만, 그 미덕들은 사탄과 다른 악마들에게 주어진다. 밀튼의 사탄은 비대해진 고전적 영웅의 모습이다. 그는 오디세우스의 교활함과 임기응변의 재능, 수사학적인 재능 외에도 아

---

41   John Milton, *Paradise Lost*, Ed., Merritt Y. Hughes, New York, 1935.

킬레스의 자존심과 복수심, 독립심을 가지고 있고, 아이네이아스처럼 자신도 새로운 나라를 세울 운명이라고 느낀다. 고전과 기독교적인 가치 사이에서 발생하는 르네상스 논쟁 맥락에서 사탄을 관찰하면 사탄이 『실락원』의 영웅인지 아닌지에 대한 오래된 논쟁을 설명하는 데 도움이 될 것이다. 엄밀한 의미에서 사탄이 『실락원』의 영웅이다. 즉 그는 전통적인 서사적 영웅의 덕목들을 구체화하는 인물이다. 그러나 밀튼은 그런 덕목들이 악마적임을 암시한다. 시에서 보면 사탄의 적극적인 영웅적 자질이 자신을 겸허하게 희생해서 신의 뜻이 이뤄지게 하는 예수 그리스도의 수동적인 영웅적 자질과 비교되고 있지만 호의적이진 않다.[42] 아담과 이브는 사탄과 예수 그리스도의 모순된 윤리적 규범 사이에 자리 잡고 있다. 그들이 창조의 질서에 따라 복종해야만 하는 자신들의 위치를 수동적으로 받아들이는 한 그들은 번영할 것이지만, 사탄에 귀를 기울이고 고전적 영

---

42 저자인 캔터에 따르면, 시의 취약 부분인 하늘의 전쟁 장면에서 예수와 선한 천사들도 호전성이라는 전통적인 미덕을 가지고 있어서, 이런 비교가 전쟁 장면에서는 확실히 흐려진다고 지적한다.

웅들처럼 자립을 하려는 순간 그들은 파멸하게 된다.

『실락원』은 보통 기독교적 휴머니즘의 위대한 기념비들 중 하나로 여겨지고 있지만, 실제로 고전적 가치에 반하는 논쟁을 구체화하고 있다. 따라서 밀튼은 얼마나 많은 충돌이 "기독교적 휴머니즘" 아래 숨겨져 있는지를 보여 준다. 르네상스 시대에 어떤 누구도 고전과 기독교 전통에 대해 더 풍부한 종합적인 지식을 갖고 있진 않았고, 어떤 누구도 그들이 어떻게 대조를 이루는지 더 정확하게 알고 있지 않았다.

따라서 르네상스가 매력적인 것은 상충되는 지적이고 윤리적인 견해들이 다양한 형태로 존재한다는 것이다. 이미 충분히 발달된 서로의 기본 개념에 도전하는 두 전통의 충돌로부터 오는 결과이다. 르네상스 시대를 잘 관찰해 보면 고전적인 것과 기독교적인 것의 다른 형태의 융합들을 여러 곳에서 어렵지 않게 발견할 수 있다. 크리스토퍼 말로의 『포스터스 박사Doctor Faustus』(1592)를 이야기해 보자. 트로이의 헬렌의 망령을 불러내려는 마법사의 욕망에서 말로는 르네상스 시대의 의미를 보여 주는 완벽한 상징을 발견했다. 포스터스는 당시 유럽에 고전 시대를 그대로 부활시키기를 원하고 말로는 자신의 시를 통해서 그리스를 무대 위에서 다시 살아나게 하는 데 성공한다. 포스터스가 루터의 도시the city of Luther가 헥터의 도시the city of Hector를 대신하는 것을 보기를 바라는 것처럼, "트로이 대신에 비텐베르크가 약탈될 것이다"(v.i.105)라는 멋진 한 줄로 말로는 르네상스 전체 주제를 담아낸다.

그러나 말로가 묘사한 다시 살아난 고전 세계는 불명확하다. 헬렌은 비기독교도 미의 완벽함을 보여 주지만, 기독교 입장에서 보면 그녀는 포스터스를 파멸로 이끄는 마녀, 악마인 것이다. 비기독교의 건강한 인간이 욕정의 죄인이라는 새로운 시각으로 평가된다. 말로는 행위의 이중적 관점을 유지한다. 즉, 포스터스는 부, 권력, 미, 지혜와 같은 고전 세계의 선들을 갈망하지만 극의 기독교적 맥락에서 그들은 일곱 개의 죄악[43]으로 변질되는 원인을 제공한

---

[43] 기독교 가르침에서 말하는 악행의 항목으로 자만(pride), 탐욕(greed), 욕정(lust), 질투(envy), 과음(gluttony), 분노(wrath), 나태(sloth)를 일컫는다.

다. 아마도 말로가 밀튼에게 『실락원』의 구성을 제시한 것 같은데, 이미 『포스터스 박사』에서 고전적인 미덕이 악으로 나타나기 때문이다. 말로가 밀튼과 다른 점은 그의 동정심이 고전과 기독교적인 것 둘 사이에 좀 더 균등하게 배분되어 있다는 것이다. 그는 포스터스가 저주받았지만 또한 그가 고결함이라는 감각을 가지고 있다는 것을 보여 준다. 말로 시를 감각적인 관점에서 볼 때, 기독교 관점으로 보면 천벌을 받아야 하지만 포스터스를 끌어들였던 비기독교적인 것에 우리는 강한 매력을 느끼게 된다. 『포스터스 박사』에서 우리는 어떻게 고전과 기독교 가치 사이의 충돌이 비극의 근간을 제공할 수 있는지를 보게 된다.

3) 비극과 르네상스 인간

『포스터스 박사』를 언급하기 전까지, 르네상스 서사 전통에 관한 우리의 논의가 『햄릿』으로부터 멀리 벗어난 것 같다. 그러나 사실 우리가 극을 바라보는 문학적 맥락이 넓으면 넓을수록 극의 가치는 깊어지고, 극의 위상은 더 분명해진다. 르네상스 서사시에 대한 앞선 우리의 논의는 그 시대에서 찾아볼 수 있는 영웅적 행위에 대한 가능성의 범위가 넓다는 것을 보여 주었다. 다양한 영웅의 모습들이 철저히 행동으로 옮기는 코리올레이너스에서부터 내성적이고 사색적인 햄릿까지 다양한 셰익스피어의 비극적 영웅들의 모습에 반영되어 있다. 그러나 『햄릿』이라는 단일 작품에서도 르네상스 시대의 영웅적 행동의 다양한 가능성이 존재한다는 것을 알 수 있다. 햄릿 자신이 수동적 형태의 영웅이나 능동적 형태의 영웅 중 하나를 선택해야 하는 상황에 직면하기도 한다.

너의 운명이 팽개쳐 버린 모든 추잡한 것들을

참는 것이 더 고귀한 행동인지,

아니면 한 번에 그들을 딱 잘라서

이 모든 곤경과 맞서는 것이 고귀한 행동인가? (III.i.57-60)[44]

살펴보겠지만, 햄릿의 특이한 점은 그의 마음이 르네상

---

44 G. Blakemore Evans, Ed., *The Riverside Shakespeare*, Boston, 1974.

스 시대에서 찾아볼 수 있는 모든 모순된 영웅적 행위의 본보기들에 열려 있다는 것이다. 그는 호전적인 미덕에 감탄해 하면서 고전 시대의 장엄함을 항상 의식하고 있으나, 동시에 어떻게 기독교가 영웅적 행동의 관점을 변경해서 전통적인 영웅적 행동의 개념을 문제 삼는지 날카롭게 의식하고 있다.

따라서 르네상스 서사시 전통에 대한 개관이 셰익스피어 비극의 기본을 이해하는 데 도움을 줄 것이다. 르네상스 서사시는 이질적인 가치의 영역들, 특히 고전 정신과 기독교의 가치를 봉합시키고자 하면서 그 시대의 경향을 반영하지만, 일반적으로 상반된다고 여겨지는 다른 가치들도 이런 현상을 보여 준다. 『요정 여왕』에서 기사들이 보여 주는 것처럼, 르네상스 서사시의 영웅들은 종종 공적인 가치와 사적인 가치를 동시에 구현하고, 활동적이면서도 사색적인 삶을 추구하며, 용맹한 전사와 동시에 예의 바른 연인이 되고자 한다. 그러나 상반되는 가치들을 더 높은 수준의 융합으로 이르게 하는 이런 노력들은 결국은 그들 사이의 갈등을 드러낼 수 있다. 예를 들어, 『요정 여왕』의 6권에서 궁정의 인공적인 세계와 자연의 목가적인 세계 사이의 심연을 좁히려는 한 영웅을 보여 주는 스펜서의 노력은 결국 그런 변화가 얼마나 어려운지를 보여 주면서 자연과 관습 사이의 갈등을 드러내게 된다. 이상하게도 셰익스피어 비극의 비극적 갈등은 스펜서식 로맨스의 완전하지 못한 조화에서 성장해 자신의 작가 경력 말년에 로맨스 극에서 다시 조화를 찾게 된다.

이 점을 좀 더 완벽하게 이해하기 위해, 헤겔의 『미학 *Aesthetics*』에서 볼 수 있는 비극 이론을 살펴보기로 하자. 헤겔이 주장하기를, 비극적 상황은 선과 악 사이의 갈등이 아니라, 두 선 사이의 갈등이 관련되어 있다고 한다. 선과 악의 직접적인 대결은 기본적으로 통속극의 상황이다. 선이 승리하면 우리는 기뻐하고, 악이 승리하면 슬퍼하게 되는데, 어떤 경우에든 우리의 동정 대상은 분명하고 결과에 있어서 우리를 혼동시킬 상황은 없다. 그러나 양쪽이 공정하게 우리의 동정심을 유발하는 극적인 상황에서는 어떤 결과도 우리의 감정을 쉽게 결정할 수 없게 한다. 어느 쪽이 승리하더라도 우리는 선한 어떤 대상이 패하거나 파괴됐다고 느낀다. 어떤 순수한 비극적인 상황에서, 갈등으로부터 상처를 입지 않는 경우는 없을 것이다. 왜냐하면 두 대립하는 힘의 조화는 그(그녀)가 상징하는 합법적 원칙을 포기하게 하는 어떤 적대자를 필요로 해서 그(그녀)의 고결함을 희생해야 할 것이기 때문이다. 이것이 비극적 상황이 지나치게 난해한 이유다. 이 세상의 선들은 양립돼야 한다는 우리의 단순하고 분별없는 가정을 의문스럽게 여기고 있다. 예를 들어 사랑과 명예, 혹은 국가와 친한 친구 사이에서는 선택할 필요가 없다는 가정에 대해 논박하는 것이다.

헤겔은 소포클레스의 『안티고네*Antigone*』를 훌륭한 비극 작품으로 평가한다. 반역자인 폴리네이스의 매장을 반대하는 크레온은 도시의 선을 옹호한다. 자신의 오빠를 매장하려는 안티고네는 가족의 선을 옹호한다. 이런 갈등 속에서 양쪽의 권리를 확인하면서 우리는 아리스토텔레스가 비극에 대한 반응의 특징으로 생각한 공포와 연민의 특별한 조합인 혼합된 감정으로 비극 작품에 반응한다. 이것이 어떻게 헤겔의 비극 이론이 주요 경쟁 이론인 아리스토텔레스의 이론을 포함할 수 있는지 암시해 주고 있다.

헤겔의 비극 이론은 왜 르네상스가 그렇게 위대한 비극적 연극의 시대가 되었는지에 대한 이유를 시사하고 있다. 만일 비극에 두 선의 갈등이 연루되어 있다면, 비극은 모순된 구조의 가치들이 그런 갈등을 초래하는 시대에 번창해야만 한다. 따라서 헤겔의 이론은 비극의 탄생이 역사의 위대한 전환점에서 발생하기 마련이란 것을 암시한다. 새로운 질서가 기존의 질서를 대신할 때에는 선명한 윤리적 지침이 결여되는 상황이 발생하게 된다. 어떤 사람들은 기존의 질서를 유지하고, 어떤 사람들은 새로운 질서를 끌어안고, 어떤 사람들은 여전히 두 질서 사이에서 고민하고 있을 때, 비극적 갈등은 불가피해진다. 기원전 5세기의 아테네와 엘리자베스 시대의 영국, 두 번의 비극적 드라마의 위대한 시기가 이런 헤겔식 역사적 도식에 부합한다. 헤겔의 제자이자 마르크스시스트인 게오르그 루카치는 그의 저서 『역사적 소설 *The Historical Novel*』에서 헤겔의 비극 이론에 대한 이러한 역사적 측면을 발전시켰다.

위대한 비극의 시대들이 인간 사회의 위대한, 세계사적 변화와 일치하고 있다는 것은 결코 우연이 아니다. 이미 헤겔은 소포클레스의 『안티고네』의 갈등에서 실제로 원시적 형태 사회의 파괴를 초래하고 그리스 도시 국가를 탄생시킨 사회적 에너지의 충돌을 확인했다. 아이스킬로스의 『오레스테이아Oresteia』를 분석하면서 바흐오펜은 사라져 가는 모계 질서와 새로운 가부장제 사회 질서 사이의 어떤 비극적 충돌로서 사회 갈등을 좀 더 구체적으로 만들어 낸다. … 상황은 두 번째 비극의 전성기인 르네상스 시기에도 비슷하다. 이 시기에 사라져 가는 봉건주의와 결정적인 계급 사회[자본주의]의 산고 사이의 세계사적인 충돌이 드라마 부활을 위한 주제와 형식에 필수 조건을 제공해 준다. (97)[45]

루카치는 뛰어난 이론적 식견을 독단과 결합시키고 있는데, 마르크시즘은 그에게 르네상스 시대에 사회-경제적 갈등을 강조하고 윤리적 갈등을 무시하게 한다. 기존의 봉

---

[45] George Lukcs, *The Historical Novel*, trans,, Hannah and Stanley Mitchell, Lincoln: Nebraska, 1983.

건적 귀족 계급과 르네상스 시대 유럽에서 떠오르는 자본주의자 세력 사이의 기본적인 계층간 갈등의 단순한 이념적인 상부 구조로서 윤리적 갈등을 그는 확실히 묵살해 버린 것이다. 그러나 중세 기독교 문명을 배경으로 고전 전통의 부흥에 의해 제기된 본질적인 윤리적 그리고 철학적 문제들은 봉건주의 대 자본주의의 협소해진 경제적 질문보다 심오하고, 또한 『햄릿』에서 보여 준 셰익스피어의 위업에 더 관련이 있다. 경제 분석은 필연적으로 현실에 초점이 맞혀지는데, 『햄릿』은 현실과 내세를 상상에 의해 아우르기에 마르크시즘이 이미 해결한 것으로 여기고 있는 종교적 질문에 열려 있다. 다행히도 우리는 르네상스 시대의 혼종 문화에서 많은 갈등의 요인들이 비극의 탄생을 위한 비옥한 옥토를 제공해 주었다는 루카치의 더 큰 요점의 타당성을 인정하기 위해 그의 셰익스피어 해석에 대한 세세한 부분들을 받아들일 필요는 없다.

　『햄릿』과 르네상스 시대 사이의 연관 관계를 요약해 보면, 우리가 그 시대의 낙관적 프로그램으로 생각한 것이 특별한 방식으로 비극을 위한 공식을 제공해 주었다. 아무리 대중화가 되었을지라도, "르네상스 인간"이란 용어의 현대적 사용은 그 시대의 중요한 사실을 구체화한다. 인간 본성의 모든 면을 조화롭게 개발해 완전한 인격체라는 이상을 실현하기 위한 것이다. 레오나르도 다빈치부터 필립 시드니 경에 이르는 역사적인 인물들뿐만 아니라 르네상스 서사시의 영웅들까지 이런 이상형을 볼 수 있다. 즉, 화가이면서 과학자이고 동시에 발명가이기도 하며, 혹은 시인이고 군인이기도 하면서 왕을 보필하는 조신이기도 하다. 앞에서 언급된 것처럼, 이런 종류의 통합체를 달성하기 위해서는 일반적으로 양립할 수 없었던 가치의 결합을 만들어내야 한다.

인간의 조건으로 너무 많은 것을 요구해서 르네상스 시대의 이상인 완전(만능, 완벽, 전인) 개념은 인간의 본성을 한계까지 밀어내서 위대한 비극의 주제, 즉 다른 인간의 욕망이나 열망과의 궁극적인 양립불가능(불일치)이라는 본질을 드러낸다. 이런 과정이 『포스터스 박사』의 초기 독백에 나타나 있는데, 이상적인 르네상스 인간의 모습을 완벽하게 보여 주고 있지만, 비극으로 방향을 바꾼다. 인간의 지식과 성취의 가능한 범위를 알아보고 익숙해진 상황에서 포스터스는 그의 힘의 범위에 의해서가 아니라 한계에 의해 충격을 받는다. 즉 인간으로서 신이 될 수 없다는 사실에 의해 충격을 받는다. 포스터스는 좌절한 상황에서 전능한 자신을 만들기 위해 마법에 의존하게 되고, 그 결과 비극적인 파멸을 맞이하게 된다. 햄릿은 포스터스와 같이 한계까지가 보려 하는 인물은 아니지만, 그의 비극 또한 완전이라는 르네상스 이상의 흐트러짐에서 발생한다.

르네상스 시대를 연구함으로써 『햄릿』에 대해 많은 것을 배울 수 있지만, 『햄릿』을 연구함으로 해서 르네상스 시대를 배울 수 있다는 점도 염두에 두어야 한다. 캔터는 『햄릿』이 전형적인 르네상스 극인데, 전형적인 르네상스 극이기 때문이 아니라 르네상스의 본질을 보여 주기 때문이라고 말한다. 즉 시대의 갈등과 모순의 본질을 보여 주는데, 바로 이것이 그 시대 극의 본질인 것이다. 완전하지 못한 르네상스 융합이 붕괴되는 지점에서 『햄릿』의 비극은 시작한다.

2. 햄릿의 비극

1) 햄릿의 문제

『햄릿』비평가들의 마음 한구석에 내내 맴도는 의문 하나는 왜 왕자가 자신의 아버지를 살해한 사람에게 복수를 지연하느냐이다. 자신의 숙부인 클로디어스의 범죄 사실을 알자마자, 햄릿은 "사랑에 빠진 사람보다도 더 빨리 복수하겠다"(1.5.29-31)고 약속한다. 그러나 그는 당장 왕을 죽이지 않는다. 그의 복수의 지연은 자신의 오랜 친구 로젠클란츠와 길덴스턴뿐만 아니라 자신의 엄마 거트루드, 자신의 애인 오필리어, 그녀의 아버지 폴로니어스, 그녀의 오빠 레어티즈의 목숨을 희생시킨다. 왕자의 지연을 설명하기 위해 만들어진 괴상한 이론들에 실망해서, 어떤 비평가들은 그의 지연에 비밀이 있다는 견해를 거부해 버린다. 그들의 주장은 햄릿의 문제는 외부에 있다는 것이며, 햄릿이 클로디어스를 빠르고 간단하게 죽이는 데 많은 장애물들이 있다는 것이다. 예를 들면 일반적으로 왕을 둘러싸고 있는 호위병이라든지, 실행에 옮기기 전에 국민들이 받아들일 수 있는 자신의 복수를 정당화하기 위한 햄릿의 노력과 같은 것들이 장애물이 될 수 있다는 것이다.

그러나 셰익스피어는 햄릿의 문제가 단순히 외부 환경에 있지 않다는 것을 암시하고 있는 것 같다. 자신의 아버지 폴로니어스의 죽음을 복수하기 위해 클로디어스에 대항하는 반란을 이끄는 레어티즈 사건은 얼마나 쉽게 햄릿이 왕에게 도전할 수 있었는지에 대한 사실을 시사하기 위해 계획된 듯하다. 특히 클로디어스 자신이 인정한 것처럼, 왕자인 햄릿은 "국민들에 의해 사랑을 받고 있다"(4.3.4). 무엇보다, 그가 왜 복수를 지연하는지에 대해 질문하는 주체는 햄릿 바로 그 자신이다.

이미 실천에 옮겼어야 했는데,
"이것을 해야만 한다"고 왜 아직도 말하고 있는지 모르겠네.
난 그것을 실행하기 위한 동기와, 의지와 능력과
수단을 가지고 있는데. (4.4.43-46)

이유를 찾기 위한 그의 노력에도 불구하고, 햄릿은 왜 자신이 행동에 옮길 수 없는지 설명할 어떤 외부적 요인들을 결코 생각해 낼 수 없다. 때문에 그가 머뭇거리는 이유를 찾기 위해 햄릿의 내면 세계를 바라보는 비평가들은 근거도 없이 극에 대한 그들 자신의 의문점들을 만들어 내지 않고 단순히 주인공이 이끄는 대로 따라갈 뿐이다.

햄릿의 지연을 설명하는 많이 알려진 접근 방식이 있는데 정신분석학적 접근 방식이다. 프로이트가 처음 자신의 저서 『꿈의 해석The Interpretation of Dreams』(1900) 각주에서 언급했는데, 프로이트의 전기 작가이자 제자인 어니스트 존스가 『햄릿과 오이디푸스Hamlet and Oedipus』(1949)라는 짧은 책에서 이 접근법을 발전시켰다. 핵심을 이야기하자면, 정신분석학적 논의에 따르면 오이디푸스 콤플렉스가 햄릿이 왜 복수를 행동으로 옮길 수 없나를 설명할 수 있는 근거를 제시한다. 햄릿은 자신의 비밀스런 욕망, 즉 자신의 아버지를 죽이고 자신의 엄마와 결혼하고자 하는 욕망을 실천한 한 남자로서의 숙부와 자기 자신을 동일시하기 때문에 왕자인 햄릿은 클로디어스 죽이기를 주저한다. 존스는 그의 주장을 뒷받침하기 위해 극 내용에서 많은 증거를 제시할 수 있었다. 자신의 엄마를 향한 햄릿의 감정은 극에서 확실히 중요한 요소이며, 여러 면에 있어서 자신의 아버지에 대한 감정보다 더 중요하다. 그래서 3막4장 엄마와의 극적인 만남에서, 햄릿은 감정 조절을 못 해 거의 병적인 수준의 강박관념으로 숙부와 엄마와의 관계에 있어서 성적인 자세한 내용을 강조한 것 같다.

프로이트의 관점으로 『햄릿』을 분석하는 매력 중의 하나는 이 관점이 극의 보편적 매력을 설명해 주고 있다는 것이다. 만일 오이디푸스 콤플렉스의 보편성에 대한 프로이트의 주장을 받아들인다면, 프로이트의 햄릿은 부모에 대한 그의 혼합된 감정을 보여 주는 인간을 대표하게 된다. 이 논쟁에 따르면, 이 이론은 무의식의 가장 깊은 곳에서 우리를 건드리기 때문에, 『햄릿』은 우리 내면의 깊은 곳을 들춰내게 된다. 그러나 이 논쟁의 문제점은 문학, 특히 비극의 정신분석학 논의에서 대부분 발생한다는 점이다. 보편성을 찾아내고 싶은 나머지, 정신분석 비평은 문학의 등장인물, 특히 비극적인 영웅이 가지고 있는 독특한 무엇인가를 놓칠 수 있다. 우리는 영웅이 우리와 공통점이 있기 때문에 영웅에 관심이 있다고 하는 이야기를 듣는다(햄릿 그 자신은 거트루드와 클로디어스가 자신의 경험을 인간의 보편성에 일치시킬 때 주저하게 된다. 1.2.72-74, 89-106). 그리고 그 공통 요인은 보통 어떤 약함, 약점의 형태로 판명된다. 존스의 논쟁을 따르면, 『햄릿』에 있어서 기본적인 사실은 영웅이 부모에 대한 자신의 양면가치의 감정을 극복하는 데 무능력하다는 것이다. 즉, 자신의 감정 본질을 직시하는 그의 무능력을 말한다. 존스는 햄릿의 지연 이유를 "이런 마비 상태는 신체적 혹은 도덕적 소심함이 아니라 지적인 소심함, 햄릿이 다른 사람들과 공유하고 있는 그의 가장 깊은 내면 세계를 감히 탐구하는 것을 싫어하는 것으로부터 발생한다"(103)[46]라고 말한다. 간단히 말해서, 존스에게 햄릿을 영웅으로 만드는 것은 그의 소심함이다. 대부분 이처럼 정신분석학적으로 읽기가 축소되지는 않지만 존스의 논쟁은 그럼에도 불구하고 정신분석학적으로 읽기의 일반적인 경향을 보여 준다. 프로이트의 이론은 오직 자신의 진정한 영웅적인 행동

---

46 Ernest Jones, *Hamlet and Oedipus*, New York, 1949.

을 부인하는 대가로 오는 영웅의 행동을 설명할 수 있다.

햄릿 성격의 프로이트 이전의 분석이 지금 아무리 예스럽게 보일지라도, 그 분석들은 최소한 그의 복수 지연을 설명하는 데 있어서 영웅의 특별하고 존경할 만한 무엇인가를 드러내는 장점을 가지고 있었다. 『빌헬름 마이스터의 도제수업Wilhelm Meister's Apprenticeship』(1795-1796)에서 발전된 괴테의 유명한 이론을 보면, 햄릿은 그에게 부여된 살인이라는 잔인한 임무의 무게에 의해 파괴되어 버린 시적이고 도덕적으로 민감한 영혼을 가진 인물로 묘사된다. 또 다른 유명한 슐레겔-콜리지 주장은 『햄릿』을 사색의 비극으로 본다. 즉, 햄릿은 어떤 문제를 다양한 각도에서 심사숙고하는 경향이 있어서 결심을 쉽게 하지 못하고 따라서 행동으로 옮기지 못한다는 이야기이다. A. C. 브래들리의 작업은 19세기에 유행한 셰익스피어 극의 성격 분석의 절정을 보여 주고 있는데, 브래들리는 현재까지 가장 통찰력 있는 논의 중의 하나로 남아 있는 『햄릿』에 대한 포괄적인 이론을 발전시켰다. 브래들리는 폴로니어스를 죽이고, 로젠클란츠와 길덴스턴을 죽도록 만든 행위와 같은 햄릿의 몇몇 행동들은 기질상 약하고 우유부단한 성격의 소유자로서 햄릿의 일반적인 이미지와 모순된다는 사실로부터 출발한다. 브래들리는 어떤 상황 아래에서도 결코 클로디어스를 효과적으로 처리할 수 없었던 그런 햄릿을 묘사하는 것을 피하길 바란다. 브래들리에게 햄릿의 비극은 그의 삶에서 햄릿이 그렇게 할 수 없는 바로 그 순간에 그가 클로디어스를 처리해야만 한다는 사실에서 기인한다. 브래들리는 햄릿이 복수를 지연하는 상황을 설명하기 위해 왕자의 우울한 상태를 지적한다. 아버지의 죽음과 무엇보다도 엄마의 성급한 재혼으로 야기된 우울증이다. 아버지의 추모에 대한 엄마의 진실성 결여로 햄릿은 엄마에 대한 신뢰를 잃었다. 그리고 그의 마음을 보편화하려는 경향 때문에 그는 모든 여성에 대한 신뢰를 잃고, 게다가 시간의 파괴에 저항하기 위해 가치의 힘에 대한 신념도 잃게 된다. 때문에 브래들리에 따르면, 햄릿이 복수를 하기 위한 의지가 필요한 시기에 그의 의지가 고갈되었다. 인간의 역량에 대한 그의 이상적인 신념이 붕괴되면서 행동의 유효성에서 총체적 절망감을 느꼈기 때문이다.

이런 19세기의 『햄릿』 읽기는 극을 이해할 수 있는 폭을 넓혀 주었고 이런 읽기를 통해 우리는 극에서 영웅으로서의 햄릿에 대한 특별한 감각을 유지한다. 그런데 여전히 이러한 읽기들이 특별하게 영웅적인 햄릿을 보여 주진 않는다. 윌리엄 해즐릿이 "햄릿은 평범한 남자가 보여 줄 수 있는 정도의 영웅적 기질이 있을 뿐이다"(82)[47]라고 언급했을 때, 그는 19세기의 많은 비평가들이 하고 싶던 말을 명쾌하게 말했다. 심지어 브래들리도 햄릿은 가끔 영웅적인 행동을 할 수 있을 뿐이고 다른 환경 아래에서는 완벽하게 영웅적일 수 있었을 것이란 한계를 긋는다. 성격 분석에 몰두한 19세기 비평의 약점은 비평가들이 햄릿의 비극을 해석할 때 기본적으로 주관적 입장을 취한다는 것이다. 비평가들은 모두 햄릿이 자신이 해야 할 과업에 문제가 있다고 생각하게끔 만드는 원인을 햄릿에게서 찾고 있다. 다시 말하면, 비평가들은 그의 과업을 진짜로 문제가 있게끔 만드는 객관적인 것을 햄릿이 처한 상황에서 찾지 않는다.

47　William Hazlitt, *Characters of Shakespeare's Plays*, 1817, rpt, London, 1955.

저자인 캔터는 햄릿이 그의 과업을 수행하는 데 있어서 어려움이 외부의 장애물에 있다고 말하는 것이 아니라, 그 과업을 추구하는 데 도리에 맞게 그를 망설이게 만드는 과업 자체의 본질에 있다는 것이다. 많은 비평가들이 살해 당한 자신의 복수를 하라는 유령의 명령을 마치 무조건인 것처럼 이야기한다. 그러나 단도직입적인 복수를 요구하는 르네상스 극에 등장하는 다른 유령과는 달리, 『햄릿』에서의 유령은 신중한 설명을 곁들이면서 자신의 요구를 이야기한다.

그러나 네가 복수를 할 때는,
너의 마음을 더럽히거나 너의 엄마에게 해를 입히지 말고
하늘에 그녀를 맡겨라. (1.5.84-86)

이 대사에서, 우리는 비극적 상황의 싹을 볼 수 있다. 햄릿은 유령이 요구하는 모든 조건을 수행할 수 있을까? 혹은 사실 유령은 그에게 상호 배타적인 요구를 하고 있는가? 무엇보다 햄릿이 자신의 복수를 수행하면서 자신의 마음을

더럽히는 것을 피할 방법이 있기는 한 것인가? 방법이 없다면, 유령은 처음부터 왕자를 딜레마에 빠지게 했는데, 햄릿이 무엇을 하든지 그는 어떤 정당한 원칙을 위반해야 할 상황에 있게 된다. 두 선의 대립에 관련된 헤겔 용어로 이 극을 분석하면 우리가 햄릿의 영웅적인 이미지를 유지할 수 있는 이점이 있다. 어니스트 존스에 따르면, 햄릿의 특징은 그가 자신의 실제 상황을 간파할 수 있는 능력은 없으나, 아마도 그를 영웅으로 만드는 것은 자신의 딜레마가 복잡하다는 것을 그가 정확하게 알고 있다는 것이다.

심지어 『햄릿』의 비평 연구법에 대한 짧은 평론에서도 작품의 새로운 해석은 영웅적인 인물로서 햄릿에 대한 우리의 감각을 손상하지 않은 채 햄릿의 복수 지연을 설명하는 방법을 찾는 것이라는 것을 암시한다. 대부분 해석을 읽으면서 우리는 자신이 햄릿을 이해하게 되었다는 것을 느끼게 되고, 아마도 그의 지연을 용서할 준비를 하게 되며, 확실히 그의 복수 실패에 동정할 수 있게 된다. 그러나 이런 분석 후에, 그의 개성에서 존경할 만한 뭔가가 남아 있는가? 우리는 모든 그의 문제는 단순한 무지, 판단에 있어서 기본적인 실수, 감정의 부적응, 혹은 정신병리학에서 기인한다고 언급하면서 사실상 햄릿을 변호해 주고, 그를 다루기 쉬운 규모로 축소해 버리는 비평연구법을 경계해야 한다.

따라서, 셰익스피어가 극을 창작할 때 전념했던 특별한 극적 도전의 인식으로 『햄릿』을 분석하는 것이 가장 좋은 방법이다. 일반적으로 영웅은 행동하는 데 있어 자신의 본성을 명백히 한다. 예를 들어 아킬레스는 신속하고 단호한 행동이 그의 본성이다. 그러나 극을 통해 볼 때 햄릿의 주된 특징은 행동하는 데 있어 그의 주저함이다. 이것이 햄릿을 전통적인 감각에서 비영웅적인 것처럼 만든다. 극에서 전통적인 영웅의 모습인 레어티즈와 노르웨이 왕자 포틴브라스 같은 존재가 영웅 이미지와 햄릿 사이의 괴리감을 강조한다. 그러나 만일 영웅으로서 햄릿이 문제가 있다면, 그 이유는 영웅적 행위 그 자체가 그의 세계에서 많은 문제점을 안고 있다는 것이다(비록 누군가 영웅적 행위가 문제가 있다고 해서 그것이 사라졌다는 것을 의미하지 않는다는 것을 서둘러 첨언할지라도). 이곳이 우리가 논의했던 르네상스 배경이 이 극을 이해하는 데 중요한 지점이다. 햄릿의 어려움은 단순히 개인적인 것이 아니라, 그의 이야기가 설정되어 있는 시대의 기본적인 문제점들을 반영한다. 특히 실천이냐 침묵이냐에 관한 그의 개인적 질문은 우리가 르네상스 시대에 기본적인 것으로 확인한 능동 대 수동적인 영웅적 행동 문제와 깊이 관련되어 있다. 햄릿의 개인 이야기는 그 자체로 매혹적이지만, 한 시대에 고유한 실질적인 윤리적 갈등에 뿌리를 두고 있다는 사실로부터 그 이야기는 더 큰 울림과 의미를 얻는다.

2) 햄릿과 복수극 전통

만일 르네상스 시대의 특징이 고전과 기독교적 요소들의 불편한 동거, 쉽지 않은 연합이라면, 복수는 그 시대의 내부 갈등을 가장 완벽하게 드러낼 수 있는 주제였다. 아킬레스와 예수는 복수 문제에 있어서 정반대의 입장을 취해 왔고, 이 두 입장을 화해시킨다는 것은 쉽지 않다. 그래서 복수가 르네상스 희곡에서 핵심 주제들 중 하나로 떠오른 것은 우연이 아니고, 소위 복수 비극은 특별히 영국 극장에서 인기 있는 장르들 중 하나가 되었다. 확실히 복수는 본질적이고 영속적인 극의 주제로서, 고대 그리스 극이나 최근에 헐리우드 영화에서도 볼 수 있듯이 르네상스 극장만이 이 주제를 독점한 것은 아니였다. 르네상스 문화의 혼종적 특성을 배경으로, 그 시대의 극작가들은 복수가 환기할 윤리적 반응의 정도를 특별히 의식하면서 복수 문제를 다룰 수 있었다.

『햄릿』의 주제를 선택하는 데 있어서, 셰익스피어는 이런 복수극 전통의 틀에서 작업을 진행했다. 사실, 셰익스피어가 『햄릿』이라는 제목의 극을 처음 쓴 작가는 아니었다. 대부분 학자들이 인정하는 것처럼, 토마스 키드(1558-1594)의 작품이라 추측되는 『최초-햄릿*Ur-Hamlet*』이라 불리는 이 주제에 관한 이른 시기 엘리자베스 시대의 극이 한때 존재했었다. 이 극을 복원하거나 내용을 알아보려는 노력이 있었으나 성과는 없었다. 다행히도 키드의 또 다른 복수극인 『스페인 비극*The Spanish Tragedy*』(1585-1590)이 있는데, 영국 르네상스 시기의 가장 인기 있는 극들 중 하나였으며, 복수극 장르를 완성한 극이기도 하다. 광기와 자살의 주제와 함께 복수를 요구하는 유령이나 극중극을 포함해, 『스페인 비극』은 셰익스피어의 『햄릿』과 많은 공통점이 있다.

그러나 『스페인 비극』을 『햄릿』과 연관짓게 하는 것은 키드의 하이로니모가 복수를 생각하면서 고전과 기독교적 태도 사이에서 고민한다는 것이다. 복수자로서 그의 임무를 깊이 생각하는 긴 독백에서 하이로니모는 복수에 반대하는 성경적 명령으로 시작하고, 사건들이 자신의 간섭없이 진행되도록 수동적 입장을 취하는 듯하다.

복수는 내가 하는 것이다![48]

그렇다, 하늘은 모든 악에 복수를 한다,

살인은 반드시 보복 당할 것이다.

그러니 기다려라, 하이로니모야, 하늘의 뜻을 기다려라,

인간은 하늘의 시간을 정할 수 없다. (3.13.1-5)[49]

---

48 Vindicta mihi!(Vengeance is mine!)

49 Thomas Kyd, *The Spanish Tragedy*, Ed., J. R. Mulryne, London, 1970.

심지어 하이로니모의 첫 대사는 "내 사랑하는 자들아 너희가 친히 원수를 갚지 말고 하나님의 진노하심에 맡기라 기록되었으되 원수 갚는 것이 내게 있으니 내가 갚으리라고 주께서 말씀하시니라"(로마서 12.19)는 라틴어의 신약성서를 인용한다. 이것은 복수에 대한 기독교의 표준구절locus classicus인데, 복수는 신의 권리로 참된 신자에게는 복수를 금하고 있다.

그러나 하이로미노는 즉시 수동적인 기독교적 태도를 거부하고 적극적으로 복수를 하려고 마음먹는다.

> 네게 악행이 가해질 때는, 처부수고 끝까지 처부셔라,
>
> 악은 죄를 부르게 되고,
>
> 죽음이라는 결말에 이르게 될 것이다.
>
> 참고 인내하며 평온한 삶을 구하는
>
> 사람의 삶은 쉽게 끝나게 될 것이다. (3.13.7-11)

하이로니모는 앞선 대사에서 세네카의 『아가멤논Agamemmon』에서 "죄를 위한 안전한 길은 항상 죄를 통해서다"[50]를

인용하면서 이런 생각을 직접적으로 표출할 분위기를 준비하고 있다. 하이로니모는 심지어 이 장면에서 세네카를 복사하는 듯하며, 계속해서 그의 『트로드Troades』로부터 라틴어로 된 두 라인을 인용한다. 요컨대, 키드는 하이로니모의 마음에 있는 적극적인 복수의 생각을 고전 문학과 특별히 애를 써서 연관시키려 하고 있는데, 연관성이 없는 것은 아니다. 처음부터 키드는 복수의 근거를 고전 세계와 동일시하고 있다. 유령과 그를 동행하는 복수의 화신이 첫 장면부터 고전 세계의 저승에서 등장하며 케어런, 세어버러스, 마이너스, 아이아코스, 라다만스 심지어 헥토르와 아킬레스의 뮬리돈스[51](1.1.20-49)와 같은 고전 세계의 인물들을 언급한다. 따라서 영국 복수극 전통의 근원에는 복수의 적극적 추구와 복수의 소극적 포기 문제가 고전 대 기독교적 전통의 관점에서 전개된다.

역사적으로 볼 때, 복수극은 영웅적 행동의 본질에 대한

---

50 "Per scelus semper tutum est sceleribus iter"(The safe path for crime is always through crime).

51 트로이 전쟁 시 아킬레스의 부하들이었다.

문제를 극화하기 위한 효과적인 수단임이 증명됐다. 즉, 진실한 영웅이란 복수를 하는 데 있어서 자신의 열정을 발산하는 사람인지 아니면 자신의 열정을 자제하고 복수를 포기하는 것을 배우는 사람인지에 대한 문제를 말하고 있다. 이런 비교가 필립 마신어의 『로마 배우*The Roman Actor*』(1626)에 깔끔하게 요약되어 있다.

> 우리는 안전하게 행동으로
>
> 옮길 수 없기 때문에,
>
> 무저항의 인내를 선택합시다. (1.1.116-118)

물론 이런 윤리적 선택이 항상 고전과 기독교적 태도 사이의 비교 관점에서만 만들어지는 것은 아니었다. 예를 들어 복수에 반대하는 고전의 권력자들을 찾기란 어렵지 않다. 『햄릿』과 많은 부분 내용이 같은 존 마스턴의 『안토니오의 복수*Antonio's Revenge*』를 보자. 복수자의 전통적인 역할을 그만두고, 팬덜포라는 이름의 등장인물은 로마 스토아철학의 관점에서 자신의 조카에게 자신의 정당성을 주장한다. 스토아 철학은 고전 철학의 학파로 쾌락과 고통에 관심을 보이지 않으며, 악을 조용히 견뎌 내면서 극기를 강조한다.

이보게, 젊은이여, 허풍을 떨고, 말다툼하고, 악담하고,
고함을 치고, 꾸짖고, 사람을 죽이고, 소란을 피우는 것이
자부심을 보일 만한 진정한 용맹은 아니라네.
…
균형 있는 행동이란 경솔하게 명예를 바라는 게 아니라
신중함에 있다네.
이런 용기의 소유자는 심지어 주피터도 능가하네.

(1.2.323-335)

적극적이기보다 수동적인 영웅적 행동을 변론하는 데 있어서, 기독교적 감성이 금욕적 가르침의 형태에 있는 고전 철학과 함께 작동한다.

여전히 마스턴은 오직 고전 철학에만 의존하기 때문에, 우리는 그의 극에서 복수에 반하는 기독교 교리와 같은 내

용의 고전 사상을 발견할 수 있다. 특히 고전 서사시에 구체화되어 있는 것처럼, 고전의 영웅적 행동의 전통은 복수를 숭고한 활동으로 여겼다. 르네상스의 복수극들은 복수가 귀족 정신과 연관되어 있다는 것을 계속 보여 주었다. 르네상스 시대에 결투가 귀족들의 특권으로 여겨졌다는 사실은 정의의 공적인 형식을 무시하고 자기 마음대로 법을 제재하는 문제가 어떻게 귀족적인 덕목의 개념과 연관되었는지에 대한 실질적 반영이다. 복수의 정신을 명예의 정신과 동일시한다는 것은 영국보다는 르네상스 시대의 스페인 극에서 잘 묘사되어 있다. 예를 들어 로프 드 베가의 『페리바리에즈*Peribariez*』(1610년경)에서 한 농부가 자신의 아내를 강간한 자신의 주인을 살해하지만, 살인범으로 처벌을 받지 않고 상을 받게 된다. 카스티야 왕은 자신의 명예를 위해 그런 귀족들의 행동을 보여 준 농부에 강한 인상을 받아 그는 농부를 자신의 군대 장교로 임명하고 신사로서 무기를 휴대할 수 있는 권리를 부여한다.

영국 르네상스 극으로 시럴 터너의 작품인 『무신론자의 비극*The Atheist's Tragedy*』(1611)은 귀족의 덕목과 기독교적 덕목 사이의 차이를 보여 주면서 복수의 문제를 명확하게 서술하고 있다. 극의 악한이며 제목의 무신론자인 담빌은 적극적 덕목, 특히 호전적인 덕목과 귀족의 개념을 연계해 구체화시키고 있다.

> 오, 숭고한 전쟁이여! 너는 모든 인간의
> 명예 중의 명예다.
> 우리 시대의 상스러운 영혼이
> 얼마나 낙담해서 우리 선조들의 고전적인 가치를
> 높이 평가하는가, 선조들의 고귀한 행동으로부터
> 우리는 비열하게 우리의 혈통을 잇지 않는가! (1.1.67-72)[52]

젊은 영웅 샤를르몽이 담빌과 비교된다. 담빌이 샤를르몽의 아버지 몽페레를 죽였을 때, 우리는 샤를르몽의 복수를 기대하게 된다. 그러나 극적인 기대와는 반대로 몽페레

---

[52] Cyril Tourneur, *The Plays of Cyril Tourneur*, Ed., George Parfitt, Cambridge, 1978.

의 유령이 나타나 그에게 복수하지 말라고 조언한다.

인내하고 있으면 모든 일이 잘될 것이다.
그러니 복수는 왕 중의 왕에게 맡겨라. (2.6.21-22)

자신의 아버지를 위한 복수 본능에 반하는 기독교적 인내의 대치는 샤를르몽을 비극적 딜레마에 빠지게 만드는데, 『햄릿』의 전도된 상황으로서 유령이 샤를르몽에게 다시 나타나서 그의 목적을 무디게 할 때 명확해진다.

몽페레: 샤를르몽, 기다리거라!
　　　 복수라는 정의를 실행할 수 있는
　　　 신에게 나의 살해와 너의 잘못을 복수하게 해라.
샤를르몽: 당신은 나의 끓는 피의 열정과 내 영혼의 종교적
　　　 가르침 사이에서 나를 괴롭히는구려. (3.2.35-39)

자신의 명예에 대한 관념과 자신의 종교적 믿음 사이에 분열되어서, 샤를르몽은 르네상스 복수자가 가지고 있는

딜레마의 화신이 된다. 샤를르몽이 특별한 것은 그가 결국은 수동적인 저항 형태로 담빌에게 승리했다는 것이다.

그 일은 오직 하늘이 알아서 하게 될 일,

신의 관대한 의도가 나로 하여금

복수를 하지 못하게 했네. 인내가

정직한 사람의 복수임을 알았네. (5.2.268-271)

가장 효과적인 형태의 행동으로 간주되는 인내라는 복수의 이런 재정의는 바로 니체적 관념에 있어서 가치의 기독교적 재평가이다.

그러나 햄릿은 자신의 딜레마를 해결하기 위해 그런 쉬운 방법을 찾을 수 없다. 다양한 영국 르네상스 시대의 복수극을 읽을 때, 복수극들이 『햄릿』과 같은 문제들을 다루고 있지만 『햄릿』처럼 깊이 있게 그 문제들을 다루고 있지 않다는 것을 곧 알 수 있게 된다. 하이로니모는 자신의 복수 포기와 실행 사이에서 일시적으로 흔들리지만, 곧바로 행동에 옮기기로 결심하고 무자비하게 실천한다. 샤를르몽도 마찬가지로 행동과 인내 사이에서 고민하다가 비록 하이로니모와는 반대되는 길을 선택할지라도, 그는 결정하면서 자신의 결심을 고수한다. 햄릿과 비교해 볼 때, 하이로니모와 샤를르몽은 결국 일차원적인 인물이 된다. 셰익스피어가 한 것은 복수자의 역할을 하는 데 있어서 평범하지 않고 생각이 깊은 한 남자를 선정하는 것이었다. 따라서 복수에 관한 문제에 있어서 햄릿으로부터 많은 양상을 드러내게 한 것이다.

3) 햄릿과 고전 영웅주의

복수극 전통과 그 전통이 르네상스 시대의 윤리적 갈등을 어떻게 극화했는가를 살펴보았는데, 그 내용을 통해 햄릿의 내면 세계가 어떻게 양극화되어 갈등을 일으키게 되는지를 볼 수 있다. 햄릿은 한편으로 복수를 하고자 하는 충동이 있는데, 폭력에는 폭력으로 보답하는 영웅 정신은 극에서 고전 세계뿐만 아니라 과거 덴마크의 비기독교도와 연관된 정신이다. 다른 한편으로는 햄릿으로 하여금 복수를 주저하게 만드는 요소들이 있다. 고대나 비기독교 세계에 알려지지 않은 복수에 대한 다른 관점들이 그의 임무를 복잡하게 만드는 요소들이다. 이러한 요소들이 햄릿의 기독교 사상, 무엇보다도 그의 한계가 이 세계에 제한되어 있지 않다는 사실과 함께 복잡하게 연관되어 있다. 어떤 면에 있어서 유령의 모습이 햄릿이 직면하고 있는 양극성을 요약하고 있다. 햄릿 아버지의 유령이 전투복을 입고 복수를 외칠 때, 서사적인 영웅 전쟁의 세계를 떠오르게 한다. 그러나 유령이 연옥으로 보이는 곳에서 나올 때, 유령은 비기독교도적인 상상력의 좁은 한계를 파괴하고 기독교의 영원한 미래로 향하는 길로 안내한다. 즉, 유령은 비기독교도인 동시에 기독교적인 인물인 것이다. 복수에 있어서 고전비기독교적 의무를 가지고 있는 현대 기독교인처럼 햄릿의 비극적 딜레마의 핵심에는 이런 요소가 있다.

『햄릿』의 처음 부분은 이런 음산하고, 신비스럽고, 도무지 알 수 없는 모습의 유령에 압도당하는데, 유령은 과거 영웅적 삶의 가능성을 강력하게 상기시키면서 무대를 가로질러 활보한다.

그는 야심만만한 노르웨이 왕과 결투할 때에도

바로 저런 갑옷을 입었지.

교섭에 나갔다가 화가 나서 얼음 위에서 썰매를 탄

폴란드 병사들을 쳐부수었을 때도 저렇게 찌푸린 표정이었

어. (1.1.60-63)

우리는 선왕 햄릿이 노르웨이의 선왕 포틴브라스와 일대일 결투에서 승리해 그의 영토를 획득하고 명예를 얻었음을 알게 된다. 경쟁 관계에 있던 영웅 대 영웅의 이 결투는 사실상 햄릿 이야기의 원천이 되는 북유럽 전설의 세계를 연상시킨다. 전설은 삭소 그라마티쿠스의 『덴마크 역사 *Historiae Danicae*』에 기록되어 있는데, 그 전설의 최초 버전은 12세기 후반부에 쓰여졌다. 셰익스피어는 1576년에 출판된 프랑소와 드 벨르포레의 프랑스어 개작에서 이 이야기를 접한 걸로 추정된다. 북유럽 전설에 묘사되어 있는 피로 얼룩진 싸움의 전형적이고 무자비하며 야만적인 모든 요소들을 보여 주고 있는데, 원본 버전의 햄릿 이야기는 셰익스피어의 햄릿보다 훨씬 더 잔인하다. 예들 들어서, 사

소의 햄릿과 같은 인물은 결국 숙부의 성에 불을 지르고 잠자고 있던 사람들을 모두 태워 버린다. 셰익스피어가 그 이야기를 시대에 어울리게 현대화했을지라도, 특히 선왕 햄릿을 둘러싼 비기독교도적인 분위기가 그의 버전에 남아 있다.

비록 유령이 무섭고 두려운 존재이기는 하지만, 동시에 "장엄한"(1.1.143) 이미지를 보여 주기도 한다. "군인다운 걸음"(1.1.66)과 "당당하고 도전적인 모습"(1.1.47)의 유령은 과거 덴마크의 영웅을 상징한다. 그 시기에는 분명하게 잘 정리된 규칙을 따르면서, 사람들이 백병전에 의해 공개적으로 그리고 용감하게 그들의 이해관계를 해결했던 시대였다. 선왕 햄릿과 선왕 포틴브라스의 전쟁 이야기는 극에서 발생하는 사건들을 여러모로 생각하게 하는 어떤 상황을 제공해 주는데, 바로 영웅적 행동의 기준이다. 그 기준에 의해 클로디어스의 궁정을 특징짓는 음모와 내분과 모함의 더러움과 비열함을 평가해 볼 수 있다. 선왕 햄릿은 단지 몇 주 전에 죽었지만, 이미 현격한 차이가 극의 세계와 그의 세계를 분리해 놓은 것 같다. 등장인물들이 유령을 묘사하는 고상하고 서사적인 말씨는 최근보다는 먼 시간에서 온 인물로서 그의 의미를 전달하고, 낯설게 하기 효과를 가지고 있다. 유령의 출현은 햄릿의 친구 호레이쇼에게 과거 로마의 역사, 카이사르의 죽음을 알린 전조들을 생각나게 한다.

따라서 『햄릿』에서는 과거 덴마크의 영웅에 대한 유산들이 고전적 영웅 전통의 폭넓은 유산들과 융합되기 시작한다. 루벤 부라우어가 『영웅과 성인Hero and Saint』에서 밝힌 것처럼, 유령이 사용하는 언어는 호머나 버질을 영어로 번역하는 과정에서 발전된 엘리자베스 시대의 영웅적 말씨에서 유래한다. 부라우어는 특히 유령을 묘사하는 데 사용되는 전형적인 호머 풍의 특징으로서 "야심만만한 노르웨이 왕"과 "썰매를 탄 폴란드 병사들"과 같은 틀에 박힌 묘사들을 지적한다. 햄릿 자신도 훌륭한 르네상스 학자로서 분명하게 그리고 반복적으로 자신의 아버지를 고전 세계와 연관시키고 있다.

보세요, 얼마나 인자하고 고귀하신지,

히페리온의 곱슬머리, 주피터의 이마,

위협을 하고 명령을 하는 군신 마르스와 같은 눈,

신들의 사자인 머큐리의 자세. (3.4.55-58)

히페리온이 사티로스보다 뛰어난 것처럼

아버지가 숙부보다 훨씬 뛰어났지…

내 아버지의 동생, 그러나 내가 허큘리스와 닮지 않은 것 이

상으로

내 아버지와 닮지 않았지. (1.2.139-140, 152-153)

　　마찬가지로 햄릿이 비장한 결심을 해야 할 필요성을 느
낄 때, 그는 덴마크 궁전을 방문한 극단 배우에게 프라이엄
의 살해에 관한 대사를 부탁하는데, 스타일과 주제가 호머
와 버질, 특히 『일리아드』를 떠올리게 한다. 아버지의 죽음
을 복수하는 아킬레스의 아들을 묘사하는 한 장면에서, 피
러스는 비대해진 고전적 복수 가치 체계의 강력한 이미지
로 등장한다.

새로이 끓어오르는 분노로 마음의 준비를 하고,

이제 피러스의 피묻은 칼이 프라이엄의 머리를 내리쳤다.

사이클롭스가 마르스를 위해 부술 수 없는 갑옷을 만들고 있

을 때,

그의 망치도 그처럼 무자비하게 내리치진 않았다.

(2.2.488-492)

햄릿이 때때로 학자다움을 드러내고 있지만 고전 세계가 그에게 어떤 추상적인 문학 세계만은 아니라는 것을 깨닫는 것은 중요하다. 그는 고전적 가치 체계에 있어서 영웅적이란 것이 무엇인지에 대한 실제 감각을 가지고 있다. 예를 들어 햄릿이 펜싱에 관심이 있다는 것인데, 극의 결말을 위해 분명히 세익스피어가 필요로 하는 극적인 장면이지만, 또한 한 영웅의 형태로서 햄릿에 대한 우리의 감각을 발전시키는 데 많은 역할을 하고 있다. 햄릿을 함정에 빠뜨리려 할 때, 클로디어스는 햄릿과 레어티즈가 라이벌 관계라는 것을 이용할 수 있다는 것을 알고 있다. 왜냐하면 햄릿이 검객으로서 레어티즈의 명성을 확실이 질투하고 있기 때

문이다(4.7.102-105). 레어티즈와의 최후의 대결이 다가옴에 따라, 햄릿은 호레이쇼의 우정어린 걱정에도 불구하고 자신의 상황을 예리하게 분석한다.

> 호레이쇼: 왕자님, 이 내기 결투에서 질 것 같습니다.
> 햄릿: 그렇지 않네. 그가 프랑스로 가고 난 후 난 꾸준히 펜싱 연습을 해 왔네. 핸디캡을 가지고 난 이길 수 있네.
>
> (5.2.209-211)

햄릿은 궁정에서 다른 젊은 남자가 자신보다 더 훌륭한 검객으로 여겨지고 있다는 것을 용납할 수 없다. 게다가 그는 결투하는 장소에 대해서도 훌륭한 운동 선수의 감각을 가지고 있다. 그는 호레이쇼에게 자신보다 못한 상대방에게 이길 것이라고 아무 이유없이 자랑하지 않고, 신중하게 자신의 핸디캡이 자신에게 승리를 가져다줄 수 있다고 계산한다.

『햄릿』의 마지막 결투 장면은 첫 장면과 균형을 이룬다. 처음의 선왕 햄릿과 선왕 포틴브라스의 결투 이야기는 젊은 햄릿과 레어티즈의 펜싱 결투 장면에서 잔상이 희미해진다. 앞선 세대의 결투에서 볼 수 있었던 솔직 담백함과 정정당당한 결투 태도는 젊은 세대의 결투에서 계획된 정당하지 못한 면들을 확실히 드러나게 해 준다. 즉, 결투는 여러 부정적인 장치로 조작되어서 정당한 결과를 기대할 수 없게 된다. 사실 『햄릿』의 처음과 마지막 장면을 함께 생각해 볼 때, 극의 진행에 있어서 움직여 나가는 역사적 거리감을 느낄 수 있다. 처음의 햄릿-포틴브라스 결투는 우리가 극에서 알게 된 덴마크와 시대가 맞지 않는 것은 아닐지라도 희미한 과거가 되어 버리기 시작한다. 햄릿-포틴브라스 결투에는 기사도 정신을 보여 주는 듯한 중세적 혹은 봉건적인 감수성이 있다.

대조적으로 마지막의 햄릿-레어티즈 결투는 책략과 그에 대한 대응과 또 그에 대한 맞대응, 의미의 좀 더 깊은 면들을 감추고 있는 여러 면들을 드러내면서 우리에게 무척 현대적인 모습으로 다가온다. 독이 묻어 있는 칼로 진행되는 펜싱 결투에서 레어티즈는 햄릿과 왕의 싸움 사이에서 왕의 대리인 역할을 하고 있다. 독이 묻은 칼과 함께 햄릿을 죽이기 위해 준비된 독배도 있는데, 이들은 선왕 햄릿과 선왕 포틴브라스 사이의 단순한 결투 이상의 섬세하고 정교한 면을 보여 주고 있다. 햄릿과 레어티즈의 결투는 호머나 아킬레스보다는 마키아벨리나 보르지아 가문과 같은 약삭빠른 르네상스 왕자들의 이미지를 떠올린다. 따라서 햄릿-레어티즈 결투가 더 현대적이라는 것은 정확하게 그 결투가 덜 고상하고 덜 영웅적일 수 있다는 것이다. 선왕 햄릿과 선왕 포틴브라스와 다르게, 햄릿과 레어티즈는 자신들의 국가를 위해 공개적으로 싸우는 게 아니다. 비록 그들의 결투가 심각한 결과를 만들어 내지만, 사실 그들의 결투는 단순한 스포츠에서 끝내야 했다. 오직 배신이 치명적인 결과를 만들어 내고 결투에 정치적 의미를 부여하게 된다.

여전히 햄릿과 레어티즈의 영웅이 되려는 충동이 그런 일탈되고 에두른 길로 틀어졌다고 해서, 이것이 영웅적인 행위가 그들의 세계에 있어서 전적으로 과거의 일이라는 것을 의미하지 않는다. 『햄릿』에서 우리가 알아야 할 것은 고대의 영웅적인 행동이 확연히 현대화된 배경으로 옮겨질 때 그 영웅적 행동이 복잡해지고 왜곡된다는 것이다. 상황과 결과가 다를지라도, 햄릿과 레어티즈는 선왕 햄릿과 선왕 포틴브라스를 자극했던 바로 그 자존심에 의해 결투를 하게 된다. 셰익스피어가 햄릿과 레어티즈를 경쟁자로 다룬 이유는 햄릿과 비교할 누군가를 설정함으로써 햄릿의 활기참을 보여 주려는 것이다. 자신의 아버지 폴로니어스의 살해에 대한 복수를 해야 하는 상황에서 일단 레어티즈가 자신이 햄릿과 같은 상황에 있다는 것을 발견한다면, 햄릿 자신이 말하고 있는 것처럼(5.2.77-78) 이런 비교는 피할 수 없게 된다. 특히 레어티즈는 모든 모순된 가치와 충성심을 거부하면서 복수 윤리의 절대성에 대한 본보기 역할을 한다.

충성이나 군신의 맹세 같은 건 필요없소,
양심과 은총도 지옥으로 가 버리라고 하시오!
나도 기꺼이 지옥으로 가리라. 분명히 해 두겠소,
천국이든 지옥이든 상관 없소,
다만 복수를 할 뿐이오

아버지를 위해 철저히. (4.5.132-137)

레어티즈는 클로디어스와 감정이 격해져 이야기하면서 터너의 샤를르몽이 그의 피와 같은 열정과 그의 영혼이 깃든 종교라고 부르는 것 사이에서 르네상스 시대 복수자가 겪는 갈등을 강력하게 표현한다.

> 왕: 너의 아버지의 아들이란 걸 보여 주기 위해
>
> 말로만 하지 말고 행동으로
>
> 넌 무엇을 할 수 있겠느냐?
>
> 레어티즈: 예배당에서 그를 죽일 겁니다.
>
> 왕: 그래. 어떤 장소도, 심지어 예배당도 살인자에게 피난처를 제공해서는 안 되지.
>
> 복수하는 데 장소가 문제냐. (4.7.124-128)

가치와 충성심을 거절하고 있는 중에, 레어티즈는 『햄릿』의 세계에 있어서 복수의 빠르고 한결같은 실천에 반대되는 힘을 드러낸다. 그리고 심지어 그는 마지막 장면에서 갑자기 양심의 가책을 느낀다(5.2.296).

사실 햄릿은 레어티즈보다 더 복잡해서 자신에게 주어진 첫 번째 복수의 기회를 급하게 이용하지 않는다. 그럼에도 불구하고 햄릿의 정신 세계가 레어티즈의 정신 세계에서 찾아볼 수 없는 많은 요소들을 보여 줄지라도, 그들은 공통적으로 활기참이란 요소를 가지고 있다. 레어티즈는 햄릿의 경쟁력을 불러올 수 있는 인물이다. 왜냐하면 그들은 동향의 시민이고 함께 자랐기 때문이다. 그들의 대립관계는 오필리어의 무덤에서 흥분 상태에 이르고, 햄릿은 자신이 그녀의 오빠보다 그녀를 더 사랑했다는 것을 증명하고 싶어한다.

제장, 네가 뭘 할 수 있을지 말해 보라.

눈물을 흘리겠는가, 싸우겠는가, 금식하겠는가, 자해를 하겠는가?

식초를 마시겠는가, 악어를 먹어 보겠는가?

그런 건 나도 할 수 있다. 우는 소리 하려고 여기에 왔어?

나보다 잘나 보이려고 그녀의 무덤에 뛰어들어가 있니?

그녀와 산 채로 매장되려면, 나도 그렇게 할 수 있어.

그리고 산 이야기를 하는데, 몇만 에이커의 흙을

우리 위에 퍼부으라고 해라,

우리 발밑에 흙이 태양에 이를 때까지,

그래서 오사 산을 사마귀처럼 보이게 해라!

자, 보거라. 나도 너처럼 미친 놈처럼 얘기할 수 있다.

(5.1.274-284)

햄릿의 감정 폭발에 대해서 생각해 보자. 무엇보다도 오필리어에 대한 레어티즈의 진짜 슬픈 표정이 단순히 자신보다 레어티즈의 고결함이 더 값지다는 것을 증명하기 위한 것으로 햄릿이 상상할 때 이기적인 면이 나타나는데, 여기에는 고전적 영웅의 유치한 호전성과 같은 것이 있다. 특징적으로 햄릿의 활기참을 반영하는 과장된 수사학에서 그는 고전에서 실례를 가져온다. 거대한 야망의 상징인 오사 산Mount Ossa을 인용하면서, 햄릿은 레어티즈가 언급한 펠리온 산Mount Pelion(5.1.253)에 화답을 하고 그를 능가하게 된다. 햄릿의 활발함이 자극을 받았을 때 그의 입으로부터 고전 세계의 이야기가 술술 흘러나온다.

운명이 나를 부르고 있다
온 몸의 핏줄이
네메아 사자[53]의 힘줄처럼 단단해지는구나. (1.4.81-83)

이런 말을 했다고 해서 햄릿이 허큘리스나 아킬레스 같은 인물로 이해된다는 것은 아니다. 그러나 많은 해석과는 반대로 그의 성격에는 아킬레스와 같은 면이 있다. 그의 영혼 속에는 그리스인들이 "활기참thumos"이라 언급하는 인물의 특징들인 자부심, 공격성, 분노할 수 있는 능력, 야망 등 많은 고전 영웅들의 속성을 저장하기 위한 충분한 공간이 있다. 햄릿은 오필리어에게도 "난 무척 자부심이 강하고, 복수심에 불타고, 야망이 있지"(3.1.123-124)라고 말한다. 그는 자신의 활기참을 발산하게 될 위험성에 대해 격

---

53 네메아 사자(Nemean lion): 네메아에 살았던 그리스 신화에 나오는 포악한 괴물로 사람이 만든 무기로는 죽일 수 없었으나 헤라클레스에 의해 죽었다.

정한다.

　이제 뜨거운 피를 마실 수도 있다

　대낮에 사람들이 떨던 그런 끔찍한 일을 할 수도 있지

　그러나 어머니를 보러 가야 하는구나.

　오, 마음이여 자연의 정을 잃지 말아라,

　네로의 영혼이 이 단단한 가슴에 들어오지 않게 해라.

　잔인해지더라도 모자간의 정을 생각하자.

　그녀에게 칼과 같이 날카롭게 이야기 하지만 사용하지는 말자.

　내 말과 생각이 조화를 이루지 못할 것이다.

　많은 말로 그녀에게 수치심을 느끼게 하고,

　행동으로 옮기진 말자! (3.2.390-399)

　그가 뜨거운 피를 마실 것을 맹세할 때, 햄릿은 비기독교도의 격렬함을 보여 주면서 전보다 전통적인 복수자의 역할에 더 가까워진다. 그러나 그가 고삐 풀린 자신의 활기참의 결과를 예견하기 시작할 때, 그런 가능성은 멀어진다. 여느 때처럼, 그는 고전적 선례를 생각하지만 이번엔 주의를 촉구하는 예를 든다. 햄릿은 고전의 영웅이 아니라, 광기와 파괴성으로 왜곡된 활기참과 야망을 추구하는 로마 황제 네로를 말한다.

때문에 햄릿이 어느 용맹한 전사처럼 공격적이고 잔인하게 말하기 시작할 때, 엄마에 대한 자신의 분노를 절제하기 위해 그는 자신의 영혼은 부드럽고 연약하다는 부분에 호소한다. 위 대사는 그의 영혼에서 어떤 갈등을 일으키고 있는 힘이 있다는 것을 보여 주고 있는데, 유령이 처음 명령한 모순된 논리에 의해 만들어진 힘이다. 햄릿에게 절대적인 복수를 요구하지만 그의 엄마에게 해를 입히지 말라는 명령을 내리면서, 사실 유령은 그에게 복수를 못 하게 한다. 자신의 엄마에게 해를 입힐 가능성에 직면했을 때, 햄릿은 아킬레스의 맹목적 분노를 가지고 폭력을 행사할 수 없다. 고전의 영웅적 행동에서 볼 수 있는 잔인함은 더 문명화된 것으로 변형되어야 한다. 여기서 햄릿은 "그녀에게 칼과 같이 날카롭게 이야기하지만 사용하지는 말자"라는 폭력의 은유적 형태를 찾는다. 그의 위선이 말해 주는 것처럼, 행동을 할 수 있는 그의 능력이 저지되면서, 햄릿 존재의 특성이 되고 그에게 그의 심리적 다양성을 주게 되는 말과 행동 사이의 간격이 발생하게 된다. 때문에 햄릿은 공격적인 영웅의 있는 그대로의 전통적인 역할을 할 수 없기 때문에 그는 난해한 성격의 인물이 된다.

지금까지 캔터는 햄릿을 고전 영웅주의 세계와 연결하려는 셰익스피어의 노력을 자세히 설명했다. 왜냐하면 많은 학자들이 이런 중요한 면을 놓치면서, 등장인물 중 반이나 되는 죽음에 관여하기는커녕, 파리 한 마리도 죽일 수 없는 왕자로 만들었기 때문이다. 아직도 햄릿이 고전적 영웅이 되길 열망한다면, 그가 살고 있는 세계에서 그는 미완의 고전적 영웅이 될 수밖에 없는 운명에 있다. 그는 자신이 영웅이 될 가능성이 축소된 세계에 살고 있다는 것을 알고 있다(5.1.139-141). 그러나 그의 영웅적 충동에 직접적인 출구나 적당한 대상이 존재하지 않는다고 해서 그의 존재까지 단순히 축소되는 것은 아니다. 반대로, 외부 세계에서의 이런 종류의 좌절은 영혼이라는 내부 세계의 발전의 원인이 될 수 있다. 그렇다면, 햄릿을 행동하는 데 있어서 덜 영웅적으로 만들지만 느낌과 사고에서 더 심오하게 만드는 햄릿의 다른 면을 살펴보자.

4) 햄릿과 기독교

햄릿과 고전적 영웅을 다양한 방법으로 구분지을 수 있지만, 기본적인 출발점은 햄릿의 우주와 아킬레스의 우주는 다르다는 것이다. 그리스 영웅인 아킬레스는 한정된 공간 개념의 우주에 살고 있다. 그는 자신이 죽을 것이라는 것을 알고 있고 죽음이란 기껏해야 유혈이 없는 장소로서 노예로 살더라도 이 세상의 삶이 더 낫다는 것을 알고 있다. 전사로서 그의 한결같은 결심은 자신은 죽을 것이라는 의식과 연관되어 있다. 그는 자신이 젊어서 죽을 것이라는 것을 알기 때문에, 명예를 얻기 위해서는 자신에게 주어진 시간이 많지 않다는 것을 깨닫는다. 확실히 그에게 불멸의 의미란 그의 이름이 명예롭게 유지되는 것이다.

이와는 반대로, 현대 기독교 세계에 살고 있는 햄릿은 자신의 영혼이 불멸이라 믿고 있다(I.iv.65-68). 명확한 논점 같지만, 이 말은 많은 함의를 가지고 있다. 사실, 햄릿의 많은 복잡한 상황들은 사후 세계에 대한 믿음이 그의 사고에 영향을 미쳐 발생한 결과라고 생각할 수 있는 것이다. 극의 시작부터 햄릿은 자살에 골몰해 있기 때문에 그는 사후 세계에 몰두해 있다. 자살은 셰익스피어가 고대 비기독교도 영웅들과 현대 기독교도 영웅들 사이의 차이에 대한 그의 인식을 가장 명확하게 설명할 수 있는 사안이다. 우리의 관점에서 보면, 자살은 셰익스피어의 로마인들에게는 전혀 문제가 되지 않는 개념이다. 그들의 윤리는 어떤 사안에 불명예가 연루되었을 때 그들에게 자살을 요구한다. 그들은 자살을 숭고한 행위로 보기 때문에 적당한 시점에 자살하는 것을 주저하지 않는다. 생각이 깊어 결정을 쉽게 못하는 햄릿과 종종 비교되곤 하는 브루투스[54]도 확고한 의지를 가지고 자신의 자살에 다가선다. 기질면에서 햄릿과 어떤 유사점을 공유하고 있든지 간에, 브루투스는 자살에 대해서 햄릿과 정반대의 태도를 취하고 있다. 이 차이는 오늘날 대조를 이루는 "기질"이라 불리는 것으로는 설명될 수

---

54 브루투스(Marcus Junius Brutus, 기원전 85-기원전 42년 10월 23일)는 로마 공화국의 정치인으로 카이사르 암살에 주동적인 역할을 했다.

없고, 브루투스와 햄릿이 살고 있는 시대의 대조를 이루는 정치 제도나 사회 제도에 의해 설명될 수 있다. 브루투스가 살고 있는 시·공간의 사회 제도에 따르면 어떤 상황 하에서 귀족은 당연히 자살을 해야 하지만, 햄릿의 사회 제도는 어떤 상황 하에서도 자살을 금한다.

그의 첫 독백을 보면 햄릿은 죽음을 원하지만 자살은 기독교 교리에 의해 금지 되었다는 것을 알고는 힘들어 하는 모습을 보이고 있다.

아, 나의 이 더러운 육체가 녹아서
연기가 되어 버렸으면!
아니면 신이 자살을 금하는
법을 만들지 않았더라면. (1.2.129-132)

이 시작 부분에서 햄릿 성격의 기조를 알 수 있는데, 그는 단순히 현세적인 것과는 반대되는 영원한 것에 특별한 관심을 보이고 있다. 이 말은 그가 고전적 영웅의 관점에서 행동을 바라볼 수 없다는 것을 의미한다. 아킬레스와는 달리, 햄릿은 그의 행동이 그를 구원으로 이끌것이냐 아니면 저주로 이끌 것이냐를 고려해야 한다. 그의 행동 때문에 영원성이 위태로워진다는 사실이 그를 잠시 멈추게 해서 행동의 결과를 생각하게 해 주는 좋은 근거를 제공해 준다. 그러나 사후 세계의 믿음에 대한 그의 사고 체계에 들어온 복잡한 상황은 이것보다 더 깊다. 기독교는 영원에 이르는 창문을 그에게 열어 주었으나 그것은 검은 창문이다. 햄릿에게 사후 세계에 대한 가장 주목할 만한 사실은 그가 사후 세계가 어떤지 확실히 알 수 없다는 것이다. 그의 우주는 아킬레스의 우주보다 훨씬 더 불가사의하다. 그의 영혼에 대한 불멸의 믿음은 영웅적인 행동에 관련되어서 위기에서 벗어나지만, 사후 세계의 삶을 둘러싼 불확실성은 동시에 그런 행동의 결과를 예측하는 것을 더 어렵게 만들 수 있다.

이것이 햄릿의 유명한 독백 "죽느냐, 사느냐"의 주요 요지이다. 만일 그가 비기독교도라면, 즉 그가 죽음이 사실상 삶의 마지막이라는 것을 믿는다면, 자살을 하는 데 어려움이 없으리란 걸 그는 밝히고 있다. 그러나 그는 고전 세계가 알지 못하는 유한한 세계 너머에 있는 것들의 모습에 힘들어 한다.

> 죽음이라는 잠 속에서 어떤 꿈을 꾸게 될지 아무도 모르지
> 세상의 온갖 번민을 벗어난 후,
> 그게 걱정이다. (3.1.65-67)

죽음 이후에 무엇인가에 대한 두려움이 햄릿을 더 강력하게 붙잡는데, 우리가 "미지의 세계의 경계로부터 어떤 여행자도 돌아오지 않는다"(3.1.77-79)라는 이야기를 믿어야 한다는 것을 그가 깨닫고 있기 때문이다. 그는 사후 세계에 대한 믿음이 어떻게 영웅적 행동의 용어들을 바꾸고, 어떻게 영웅적 충동을 새로운 방향으로 돌리고 심지어 억압하기 위해 위협하는지를 곰곰이 생각한다.

> 우리의 타고난 대담함은
> 너무나 많은 생각으로 나약해지고,
> 즉시 실행되어야 할 행동들이

잘못된 길로 빠지고,

행동을 실천으로 전혀 옮기지 못하는구나. (3.1.83-87)

슐레겔-콜리지 주장에 반해서, 햄릿은 생각 그 자체가 영웅적 결심을 손상시킨다고 여기서 주장하지 않고 한 특별한 주제, 오직 내세에 관한 생각이 영웅적 결심을 손상시킨다고 주장한다는 점에 주목해야 한다.

햄릿의 세속적이 아닌, 딴 세상의 관점이 어떤 영웅적 행동에 대한 그의 견해를 복잡하게 만들지만, 특히 복수의 임무를 복잡하게 만든다. 역설적으로 복수를 금하는 반면, 기독교는 고전 세계에서 상상할 수 있는 어떤 것보다도 더 사악한 복수의 형태를 제공한다. "신이 말하길, 복수는 내가 한다"라는 구절은 이상하게 애매모호하다. 비록 표면적으로는 인간에게 복수할 권리를 부정하지만, 그 구절은 복수의 신성한 모델을 제공함으로써 복수에 대한 일종의 신의 허가를 동시에 허락한다. 구약 성경의 신은 복수심이 강한 신이다. 신약 성경의 신은 죄인을 용서는 하지만 영생을 위해 회개하지 않은 죄인을 저주해서 복수에 연루된 의미를 증가시킨다. 자신의 영혼 구원을 위한 우려 때문에 햄릿은 고전적 영웅보다 좀 더 심사숙고하고 망설이게 되지만, 만일 그가 클로디어스에게 복수한다면, 그것은 클로디어스의 불멸의 영혼에 복수를 해야 한다는 것을 의미하기도 한다.

셰익스피어는 사실상 이 내용을 『햄릿』의 중심 사안으로 만든다. 극의 중간, 전통적인 5막 구조의 전환점이 되는 지점에서, 햄릿은 클로디어스를 죽일 수 있는 기회를 포착한다. 왕은 홀로, 호위병도 없이 무방비 상태로 노출되어 있고, 햄릿은 자신이 올린 극의 성공으로 마침내 유령이 자신의 아버지의 살인에 관해 진실을 말했다고 확신한다. 이 순간에 클로디어스를 죽였더라면, 나중에 일어날 모든 재앙은 아닐지라도 많은 부분은 피할 수 있었을 것이다. 그러나 햄릿은 클로디어스를 죽이지 않았는데, 그 이유는 그가 왕을 발견한 상황 때문이다.

지금 할 수 있겠구나, 그가 기도를 하고 있군,
지금 해치우자, 그러면 그는 천당에 가겠지,
그러면 난 복수를 하게 되는데. 생각해 봐야겠다.

악한이 나의 아버지를 살해하고, 그 대가로

그의 외아들인 나는 이 같은 악한을

천당으로 보낸다. (3.3.73-78)

이 중요한 시점에, 햄릿의 종교적 믿음이 개입해서 복수에 대한 그의 견해를 복잡하게 만드는 데 아주 사악한 방식을 생각하게 된다. 그는 클로디어스 육체의 단순한 파괴가 아니라 그의 영혼 파멸을 보장하는 그런 방법으로 행동을 취해야 한다고 생각한다.

술에 취해 잠자고 있거나, 발광할 때,

아니면 침대에서 근친상간의 쾌락을 탐닉할 때,

도박을 하거나 구원의 여지가 없는 짓을 하면서

욕설을 퍼부을 때,

그때 그를 넘어뜨려 지옥에 보내자

그의 영혼은 저주 받고 어두워지겠지

그가 가야 할 지옥처럼. (3.3.89-95)

자신의 희생자를 저주하기 위한 햄릿의 욕망은 극의 많은 비평가들을 놀라게 했다. 사뮤엘 존슨은 이 대사는 "너무 끔찍해서 읽을 수도 언급할 수도 없다"(VIII. 990)[55]고 평가했다. 콜리지는 클로디어스를 저주하기 위한 햄릿의 욕망을 그가 이미 결정한, 행동하지 않을 것에 대한 단순한 변명으로 간주한다.

죄를 범한 왕을 그런 순간에 놓아 주려는 결심은 영웅의 망설임과 우유부단함을 보여 주는 한 부분이다. 햄릿은 행동을 하지 않기 위한 구실을 생각해 냈다. (II. 153)[56]

해즐릿도 햄릿의 "악에 대한 치밀함"은 "자기 자신의 결단력 결여에 대한 변명에 불과하다"(83)[57]라고 유사하게 주장한다. 때문에 적절한 순간에 클로디어스 죽이기를 거부

---

55 Samuel Johnson, *The Works of Samuel Johnson*, New Haven, 1968.

56 Samuel Taylor Coleridge, *Shakespeare Criticism*, Ed., Thomas Middleton Raysor, London, 1960.

57 *Characters of Shakespeare's Plays.*

한 햄릿의 행동은 많은 비평가들에게 중요한 부분이 되었다. 비평가들은 햄릿의 행동에 대한 숨겨진 이유를 찾기 위해서 프로이트의 오이디푸스 콤플렉스와 같은 이론을 햄릿에 적용하면서 그가 대사에서 분명하게 언급한 동기들을 거부해 왔다.

그러나 햄릿의 행동에 대한 비평가들의 요구 사항이 무엇이든 간에, 셰익스피어는 햄릿이 자신의 원수가 지옥에서 저주받는 것을 보고 싶은 욕망을 명확하고 강력하게 표현하는 중요한 순간에 그에게 긴 대사를 주었다. 이 긴 대사를 쉽게 생각해서 지나쳐서는 안 되고, 대사가 왕자에 대해 우리에게 뭘 말할 수 있는지를 찾아야 한다. 사실 이 대사는 셰익스피어가 다른 곳에서 햄릿에 관해 보여 준 것과 완벽하게 일치한다. 그의 영웅적 과업에 대한 조건들이 결정적으로 기독교적 맥락의 행동에 의해 바뀐다. 복수의 과업도 영혼의 불멸을 믿고 있는 한 남자에게 좀 더 복잡해진다. 어떤 비평가들은 3막3장의 극적 아이러니를 지적한다. 클로디어스 스스로가 그의 기도는 효과가 없다는 것을 인정한다. 짐작하건대, 햄릿이 이 순간에 그를 죽였더라면,

그의 영혼은 왕자가 바랐던 대로 지옥에 갔을 것이다. 그러나 이런 이유로 햄릿을 비난하는 비평가들이 인정하지 않는 것은 햄릿이 관중으로서 우리가 알고 있는 것을 알 수 없다는 것이다. 우리와는 달리 그는 클로디어스의 독백을 듣지 못한다. 따라서 햄릿은 왕의 속마음을 알 수 있는 방법이 없다. 『햄릿』의 3막3장은 영혼의 구원에 대한 기독교적 관심과 관련된 인간 내면의 신비스러움에 대한 강조를 극적으로 표현한다. 아킬레스는 그가 파트로클로스를 위한 복수를 수행할 때 헥토르의 영혼이 어떻게 될지는 관심이 없다. 그러나 햄릿에게 복수의 성공은 전적으로 그가 클로디어스를 죽이는 순간에 클로디어스 영혼의 상태에 달려 있다. 그러나 햄릿은 왕의 영혼이 천국에 갈지 혹은 지옥에 갈지에 대한 어떤 객관적 증거를 갖고 있지 않기 때문에, 모든 것은 클로디어스의 영혼을 주의 깊게 살펴볼 그의 능력, 즉 그의 내적 감정 상태를 해석할 수 있는 능력에 의존한다. 사실 햄릿이 3막3장에서 이 감정을 잘못 해석하고 있기 때문에 그의 종교적 믿음이 영웅적으로 행동하기 위한 그의 가능성에 어떤 변수를 가져왔다.

다행히 햄릿의 종교적 믿음에서 생기는 문제는 셰익스피어의 종교적 믿음에 대한 어려운 질문으로 우리를 이끌지 않는다. 많은 비평가들이 종교 문제로 셰익스피어에 대해 이야기하기도 한다. 그리고 그의 극에서 일관된 종교적 원칙을 만들어 내는 것은 불가능하지 않지만 무척 어려운 일이다. 그러나 우리는 셰익스피어의 극들에서 셰익스피어가 각 등장인물들에게 부여한 종교적 정서를 이성적으로 고찰할 수 있다. 따라서 이런 종교적 정서를 셰익스피어의 정서와 동일시할 수는 없다. 여기서 저자인 캔터가 보여 주려하는 것은 셰익스피어가 단순히 우리가 기질이나 성격이라고 부르는 것이 아니라 그의 인물들의 견해나 믿음, 나아가 넓게 그들의 우주관으로 그의 인물들의 특징을 나타낸다는 것이다. 우린 햄릿에 대한 기본적 질문들을 생각해 보는 데 있어서 그와 같은 것을 확인했다. 즉 "그는 왜 자살하지 않나?" 혹은 "기회가 있는데, 그는 왜 클로디어스를 죽이지 않나?"와 같은 질문을 할 때 우리는 사후에 있어서 햄릿의 기독교적 믿음을 고려해야 한다. (햄릿이 이런 믿음을 실천하는 방법에서 그가 좋은 기독교인으로 행동하는지는 논의가 필요하지만, 그의 믿음이 비기독교도에 대립하는 것으로서 기독교적 믿음이라는 것은 부인할 수 없다.) 햄릿이 보여 준 고전과 기독교적 요소들이 불완전하게 통합된 세계의 복잡성은 그가 단도직입적으로 유령의 도전에 반응할 수 없는 사실의 당연한 원인이 된다.

등장인물들의 종교적 믿음에 대한 셰익스피어의 관심은 그가 인물들을 차별화하는 데서 명백하다. 예를 들어, 호레이쇼 특유의 믿음은 햄릿의 믿음을 두드러지게 하는 데 도움을 준다. 그의 이름에서 알 수 있는 것처럼, 호레이쇼에게는 로마적인 것이 있다. 이것은 자살에 대한 그의 태도에서 가장 분명하게 나타난다. 그가 죽어 가는 햄릿을 뒤따르려 남아 있는 독배를 마시고 자살을 시도하려 할 때, 그는 "난 타락한 덴마크인보다 고대 로마인이고 싶습니다"(5.2.341)라고 말해 자살을 명확히 비기독교도 행위로 여긴다. 햄릿이 그가 높게 평가하는 호레이쇼의 자질을 논할 때, 햄릿은 그에 관해서 로마의 스토아학파 철학자를 연상케하는 이야기를 한다(3.2.63-74). 호레이쇼의 로마적 요소는 그가 보여 주는 어떤 종교적 회의론과 연관되어 있다. 그는 유령에 대해 의심을 표명하는 유일한 인물이다.

호레이쇼가 그러는데, 유령은 우리의 환상이래,

그를 믿게 할 수 없을 것 같아. (1.1.23-24)

그는 풍문은 믿지 않으며 자신의 눈으로 확인하기까지 유령의 존재를 받아들이지 않는다(1.i.56-58). 심지어 유령을 경험한 후에도, 그는 유령에 관한 마르셀러스의 평범한 이야기에도 "나도 그 이야길 들었는데, 어느 정도 믿고는 있지"(1.1.165)라고 말하면서 완전히 동의하지 못한다.

이성적 회의론이 호레이쇼 성격의 기조인 듯 한 사실이 햄릿이 자신의 철학적 위치와 친구의 철학적 위치를 구분해야 한다고 느끼는 이유를 설명한다:

호레이쇼, 하늘과 땅에는 네가

상상했던 것보다 더 많은 것들이 있지. (1.5.166-167)

많은 주석자와 마찬가지로, 해롤드 젠킨스는 이 대사를 "호레이쇼가 가지고 있는 어떤 특별한 철학이 아니라 일반적인 철학, 분명하게 규정되지 않은 개념으로 그래서 일반적인 개념으로 사용되는 너의 존재"(226)**58**로 설명한다. 이 해석이 옳을 것이다. 그러나 이 대사는 호레이쇼 이름이 거론되며 그를 위한 것이라는 사실에 의해, 만일 햄릿이 셰익스피어가 호레이쇼의 개성으로 묘사해 온 회의적 경향을 마음에 담고 있었다면 그 대사는 더 설득력이 있을 것이다. 우리는 셰익스피어가 등장인물들을 차별화하는 것을 확인하기 위해 이 두 친구가 형이상학적인 논쟁에 몰두해서 비텐베르크에서 밤을 지새우고 있는 모습을 상상할 필요는 없다. 그럴듯한 로마인 호레이쇼의 회의론은 기독교인 햄릿의 폭넓은 형이상학적 지평을 더 돋보이게 한다. 호레이쇼의 회의론이 유령의 출현으로 흔들린 반면에, 햄릿에게 유령의 출현은 유한한 세계의 경계를 흩트려 놓았으며 "우리 영혼의 범위를 초과하는 사고(1.4.56)"를 그에게 일깨웠다.

---

58 Harold Jenkins, Ed., *Hamlet*, London, 1982. 햄릿의 대사 "There are more things in heaven and earth, Horatio,/Than are dreamt of in your philosophy"에서 "your philosophy"가 이절판에서는 'our philosophy'로 표기되어 있어 젠킨스의 설명에 힘을 싣는다.

햄릿의 호레이쇼와의 형이상학 논쟁은 그의 영웅적 충동에 반해 작용하는 이런 그의 세계관을 암시하고 있다. 영생의 관점에서 관찰될 때, 영웅적 행동은 의미의 상당 부분을 잃기 시작한다. 고전 세계에 대한 감탄에도 불구하고, 햄릿은 고전 세계가 보여 준 영광의 덧없음에 대한 분명한 기독교적 감수성을 가지고 있다. 심지어 그는 흙으로 변해 버린 알렉산더 대왕의 고귀함을 상상하는 데 있어서는 성직자와 같다. 햄릿은 기독교 기준의 영생 개념에 반하는 고대 영웅들 중 가장 위대한 영웅을 평가하면서 그들이 부족하다는 것을 발견한다.

위대한 카이사르 황제도 죽어서 흙으로 돌아갔네,

바람이 들어오지 못하도록 구멍을 막고 있겠지.

오, 세계를 호령했던 바로 그 육체가

이제 벽을 땜질하고 있다고 생각하니! (5.1.213-216)

햄릿은 덴마크에서 자신의 아버지가 가지고 있던 명성의 운명을 보면서 세속적 명예의 불안정함에 대한 같은 교훈을 읽고 있다.

두 달 전에 죽었건만, 아직도 잊혀지지 않다니!
사람에 대한 추억은 사후 반 년은 가겠구나. (3.2.130-132)

그의 견해에서 볼 수 있는 세계주의는 세속적인 것과는 상반되는 영생에 대한 햄릿의 관심과 연관되어 있다. 그는 포용력도 있고 이해력이 있어서 덴마크와 국민들의 일을 심각하게 받아들이는 것이 어렵다는 것을 알고 있다. 왕자로서 그가 당연히 국가의 관습을 따라야 함에도, 사실 그는 관습을 무시하고 왕의 음주 축하연에 관해 호레이쇼와의 대화에서 그와 같이 말한다.

호레이쇼: 이것이 전통입니까?
햄릿: 그래, 전통이지.
      그런데 내가 이곳에서 태어나고,
      내 자신의 유산의 부분으로 여겨야 하지만,
      지키는 것보단 무시하는 게 더 좋을 것 같아.

다른 나라에서 이 시끄러운 축하연 때문에

우리를 비난하고 있지.

그들은 우리를 술주정뱅이라 부르고

우리의 귀족 칭호를 모욕하지. (1.4.12-20)

다른 나라가 덴마크를 어떻게 생각하고 있는지 햄릿이 의식하고 있다는 그 자체가 존경할 만한 자질이다. 외국인들이 자신의 국민들을 비판하는 데 그가 기꺼이 동의한다는 것은 그의 마음이 독립적이며 고결하다는 것을 의미한다. 그러나 이것은 또한 덴마크를 정화하라고 햄릿이 요청받았을 때, 그 임무가 가치가 있다거나 혹은 가능하다고 생각하지는 않을 것이라는 것을 의미한다.

셰익스피어는 덴마크를 유럽에서 문화적으로 시대에 뒤진 장소로 묘사해 놓았다. 『햄릿』이 시작하고 나서, 레어티즈와 햄릿은 파리나 비텐베르크와 같은 흥미를 일으키는 장소로 가기 위해 덴마크를 떠날 허가를 요청한다. 햄릿이 "너는 좀 더 흥미로운 다른 곳에 있을 수 있을 때"를 의미하는 "너 여기서 뭘 하고 있니?"라고 질문하면서 오랜 친구를 맞이한다는 사실에 의해 우리는 햄릿이 자신의 고국에 대해 느끼는 감정을 가늠해 볼 수 있다. 왕실의 명령으로 공연할 기회를 얻은 것에 결코 기뻐하지 않고 클로디어스 궁정에 도착한 배우들은 추방당해서 해야 하는 공연으로 상황을 간주하고 있다. 배우들은 덴마크 궁정에서의 공연을 분명히 어쩔 수 없이 해야 하는 지방 공연으로 여기고 있다.

햄릿은 덴마크의 편협성에 매우 혼란스러워한다. 그는 간혀 있어서 자신의 자유로운 영혼에 자유를 줄 수 없다고 느낀다. 그러나 문제는 단순히 덴마크에 있지 않다.

햄릿: 무슨 죄로 이곳 감옥에 오게 되었지?

길덴스턴: 왕자님, 감옥이요?

햄릿: 덴마크는 감옥이야.

로젠클란츠: 그러면 전 세계가 감옥인데요.

햄릿: 그렇지, 많은 독방과 지하 감옥이 있는 아주 큰 감옥이
     지. 덴마크가 가장 나쁜 곳이야. (2.2.239-247)

햄릿이 덴마크가 특별히 통제되고 있다고 믿는 이유가

있지만, 결국 그는 수감되었다고 느끼면서 세상 그 자체를 역겨워 한다.

나에게 이 세상의 삶은 얼마나

지루하고, 진부하고, 의미 없는가! (I.ii.133–134)

햄릿의 "세상사 경멸contemptus mundi" 태도는 아마도 그의 성격 중에서 가장 기독교적이고 확실히 그가 숭배하는 고전적 영웅주의와 심한 긴장 관계에 있다. 고전적 영웅과는 달리, 햄릿은 현세에서 편안함을 느끼지 못한다. 현세만이 사람이 가지고 있는 모든 것이란 걸 믿지 못하고, 햄릿은 내세라는 환각에 사로잡혀 있다.

게다가 고전적 영웅과는 다르게, 햄릿은 이 세계의 외양이 더 깊은 실재를 감추고 있다는 생각을 하고 있다. 세상이 아킬레스나 아이네이아스보다 그에게 훨씬 더 신비스러운 이유가 이것이다. 그는 진실이 베일에 겹겹이 싸인 듯한 세상에 살고 있고, 인간은 진실을 찾아내기 위해 일탈적인 방법에 의존해야 하는 세상에 살고 있다. 햄릿의 환멸적인 경험들, 특히 그의 엄마가 아버지를 배신하는 것을 바라보는 경험은 그에게 외양을 믿지 못하게 만들었다. 특징적으로 극에서 그의 첫 대사는 외양에 대한 그의 경멸과 진실은 허상 밑에 묻혀 있다는 그의 의혹을 표현한다(1.2.76-86). "관례적인 검은 상복"이 진실한 애도를 표현할 수 없다는 그의 신념은 덴마크를 향한 태도에서 우리가 보았던 일반적인 관습에 대한 불신을 반영한다.

햄릿은 특히 여성에 대한 관습 때문에 불편해 하는데, 이 문제로 그는 그의 가장 신랄하고 냉소적인 발언을 하게 된다. 그에게 여성들의 습관적인 화장품 사용은 인간 세상의 표리부동을 상징한다.

난 여성들의 화장에 대해서도 들어서 알고 있소. 신이 당신들에게 하나의 얼굴을 주었는데, 당신들은 그 위에 얼굴을 하나 더 그리는구려. (3.1.142-144)

여성 화장에 대한 그의 집착은 요릭의 해골에 대한 그의 교훈에서 절정에 달한다.

내 숙녀의 방에 가서 아무리 화장을 두껍게 칠할지라도, 언젠가 너처럼 이렇게 끝날 거라고 말해 주었으면 하네. 그녀를 웃게 만들 거야. (5.1.192-195)

이 대사는 햄릿의 마음을 그대로 잘 보여 주고 있다. 즉, 그는 그럴듯한 외양을 취해서 뭔가 추한 것이 보일 때까지 껍데기들을 하나씩 벗겨 낸다. 햄릿에게는 우주 자체가 부패로부터 자유로울 수 없다.

세상이 메마르고 텅 빈 느낌이야. 황금의 태양빛으로 치장된 장엄한 지붕인 하늘은 내가 보기엔 질병으로 가득 찬 대기에 불과하단 말이야. (2.2.298-303)

인간이 영웅적 잠재력에 대한 신념을 가지고 있다면 이런 종류의 질문을 견뎌 내는 게 어려울 것이다. 햄릿이 볼 때, 아첨꾼은 "많은 땅을 소유"(5.2.87-88)하고 있고, 겉보기에 "가장 아름답고, 다른 모든 동물들을 능가하는" 인간은 "티끌"(2.2.307-308)로 변해 버린다.

따라서 햄릿은 절대주의 관점을 가지고 있다고 볼 수 있다. 우리는 햄릿이 그의 아버지의 기억을 완전한 이미지로 이상화하는 방법에서 이런 경향을 볼 수 있다. "무한한"은 햄릿이 좋아하는 단어들 중 하나이다(1.4.34, 2.2.255,304, 5.1.186). 그는 일종의 양자택일 태도를 가지고 있다. 만일 세상이나 사람이 그가 생각하는 완벽함이라는 어떤 기준에 미치지 못하면, 그들은 그에게 가치가 없다. 때문에 영웅적 행동에 대한 그의 견해가 이상주의적으로 되면 될수록, 영웅적 행동에 대한 어떤 구체적인 행동이 그를 점점 더 만족시킬 수 있을 것 같지 않다. 햄릿의 영웅적 행동에 대한 태도의 복잡성은 5막에서 포틴브라스와 가까이 있었을 때 확인해 볼 수 있다. 「햄릿」에 등장하는 인물 중에서 포틴브라스가 전통적인 영웅적 행동을 가장 잘 구현하고 있다. 햄릿은 어떻게 보면 자신의 본보기인 포틴브라스에게 진실되게 반응한다. 그는 그 노르웨이인의 용기에 감명을 받고 그와 같은 영웅적인 결심을 보여 주지 못하는 데 대해서 자신을 비난한다. 그러나 햄릿이 포틴브라스의 용맹을 칭찬할 때도, 햄릿은 포틴브라스가 추구하는 목표의 한계를 지적하고야 만다. 포틴브라스가 폴란드를 상대로 전쟁을 하려 할 때, 햄릿은 그를 심히 불편하게 만드는 이미지를 접하게 된다. 즉, 인간 열망의 무한성과 열망하는 대상의 유한성에 대한 역설적인 결합을 접하게 된다. 포틴브라스의 영웅적인 충동이나 욕망이 아무리 위대하다 할지라도, 햄릿은 그 욕망이 매우 한정된 땅덩어리를 향한 것이라는 점을 알게 된다.

솔직히 말하자면,

아주 조그만 땅덩어리를 차지하기 위해 싸우러 가는데

전혀 가치가 없는 땅이죠.

누가 빌려준다 해도, 난 5다카트도 지불하지 않을 겁니다.

(4.4.17-21)

따라서 포틴브라스에 대한 햄릿의 반응은 심히 불안정하다. 햄릿은 그 노르웨이인을 본보기로 삼아 자극을 받으려 하지만, 그가 보여 주는 위대함의 환상을 간파하지 않을 수 없다.

행동으로 옮겨야만 하는 것이 내 발 아래 땅처럼 명백하다.

저 거대한 군대를 보아라,

우아하고 젊은 왕자가 이끌고 있구나,

고귀한 야심으로 부풀어 있구나,

알 수 없는 미래에 과감히 맞서며,

죽음과 위험에

자신의 삶을 드러내는구나,

달걀 껍질 같은 사소한 일을 위해. (4.4.46-53)

자신의 영웅적인 수사학으로, 햄릿은 포틴브라스의 위대함을 부풀게 하고나서 달걀 껍질이란 아주 흔한 단어로 그걸 터뜨려 버린다. 이 대사에서 우리는 햄릿의 내부에 있는 모순적인 충동을 알 수 있다. 한편으로는 호전적 미덕에 대한 그의 "감탄"과 "야망"은 "신성"하다는 그의 고전적 감각, 영웅주의의 용맹한 모습에 대한 그의 열망이 있다. 다른 한편으로는, 햄릿은 액면 그대로 영웅적 행위를 받아들이는 것을 거부하고, 기저에 있는 문제의 사소함을 드러내기 위해 영웅적인 전쟁의 표면 밑을 살펴보면서, 영웅적인 전사는 단순히 자신을 속이면서 가치 없는 이상을 위해 자신과 많은 다른 사람들의 삶을 던져 버려야 한다는 의심을 보여 준다. 햄릿이 자신의 눈 앞에서 마침내 영웅적 행동의 구체적인 본보기를 발견했을 때, 그것은 꽤나 구체적이었다. 즉, 햄릿은 이 영웅적 행동의 목적이 너무 유한적이고 일시적이란 걸 깨닫게 되고, 기독교도인으로서 햄릿의 영생 관점에서 볼 때, 이 모든 세속적인 명예는 달걀 껍데기 수준으로 축소된다.

햄릿이 경험하고 있는 포틴브라스 전쟁의 핵심에는 영웅적 행동에 대한 주관적 감정과 그 행동의 객관적 의미 사이의 괴리에 대한 그의 시각이 있다.

진정으로 위대하다는 것은
네가 오직 정당한 이유만을 위해 싸운다는 것을 의미하는 게 아니다.
네 명예가 위태롭다면,
하찮은 것을 위해서도 싸운다는 것을 의미한다. (4.4.53-56)

영웅적 행동에 대한 햄릿의 의심은 영웅적 충동에 따른 대상의 부적당함에 주로 집중되어 있다. 그래서 극 중에서 한 차례 용맹한 영웅이 보여 주는 충동적인 기세로 덤벼들 때, 그가 분노의 대상을 전혀 모르고 있었다는 것은 아이러니하다. 그가 커튼 뒤에 숨어 있는 폴로니어스를 맹목적으로 칼을 휘둘러 살해한 방법은 그가 처해진 전체 상황을 상징적으로 보여 주고 있다. 그는 영웅적인 행동을 요청받고 있으나, 고전적 영웅과는 달리 자신의 행동의 의미에 대해 모르고 있다. 선왕 햄릿이 선왕 포틴브라스와 결투했을 때, 그들은 마주 보고 있었다. 그들은 자신의 상대가 누구인지, 무엇을 위해 싸우는지 알고 있었다. 그러나 『햄릿』에선 모든 일이 "희미하게 유리를 통해" 혹은 "불명료하게 방장을 통해" 발생한다. 우리는 고전적 영웅들은 환한 대낮에 잘 보이는 공개된 장소에서 전투를 한다고 알고 있다. 그러나 『햄릿』에서는 많은 활동이 밤에 이루어지고, 의도적으로 대중의 시선으로부터 감춰지고, 배신에 연루된다.

　유령의 진실성에 대한 햄릿의 의심은 그가 행동하기 전에 만들어 놓은 상황의 불확실성들 중 오직 한 사례에 불과하다. 그가 3막4장에서 영웅적인 행동을 보여 주려 할 때, 그는 그야말로 자신이 뭘 하고 있는지 모르고 있다. 행동의 전후사정이 그에겐 불분명하다. 이런 면에서 폴로니어스의 살해는 햄릿이 다시 영웅적인 행동을 하려다 실수를 하게 되는 극의 마지막 장면을 예상케 한다. 선왕 햄릿-포틴브라스 결투와 좀 더 비교해 보자면, 햄릿은 마침내 자신의 복수를 끝내고 무척 애매모호한 행동을 보이며 죽는다. 즉, 진실한 게임이 아닌 게임, 진실한 결투가 아닌 결투, 자신의 진정한 적이 아닌 적과의 결투에 참여하면서 자신은 진정한 이유가 아닌 이유에 함몰되어 죽는다. 이 마지막 장면이 암시하는 것은, 『햄릿』에서 영웅적 행동은 기대할 수 없다는 것이다. 『맥베스』의 1막3장에 나오는 대사를 빌리자면, 햄릿에게 "행동하기 위한 능력이 사고와 사색으로 질식당했다"는 것은 놀랄 일이 아니다.

7장
『햄릿』의 관점과 주제

1. 무엇에 관한 극인가?

　다수의 책과 논문에서 수많은 말이 셰익스피어의 『햄릿』에 관해 쓰여졌는데, 그 많은 말은 햄릿의 마지막 말, "나머지는 침묵이다"와 아이러니한 대조를 이루고 있다. 『햄릿』은 햄릿 인물 자체의 성격이 대부분 비평의 논점이 되어 왔다. 19세기에는 햄릿의 로맨틱한 우울한 분위기에 초점이 맞춰져서 햄릿이 숭고한 비운의 영웅으로 읽혀졌다. 20세기 후반부터는 햄릿의 모순된 행위나 그다지 기분을 좋게 하지 않는 행위가 관심의 대상이 되었다. 즉 햄릿은 위대한 시를 이야기하지만, 젊은 여성에게 욕설을 퍼붓고, 그녀의 아버지를 폭력적인 상황에서 칼로 찌르고, 오랜 두 친구를 양심의 가책 없이 죽게 만든다.

『햄릿』이라는 작품에는 보편적인 무엇인가가 있는데, 모든 문화와 모든 시대의 관심거리가 『햄릿』이라는 작품을 통해 연출되고 있다. 공연과 비평의 내용을 살펴볼 때, 시대를 말해 주는 이런 관심사나 사건들을 찾아볼 수 있다. 햄릿이 연극의 목적을 "한 시대를 정확하게 재생산하는 것"이라고 정의한 것처럼, 모든 사회는 자신을 비추어 보기 위해 『햄릿』을 재현한다. 그래서 1970년대의 한 독일 공연에서 오필리어가 베이더 마인호프[59] 테러리스트로 재현되었고, 1980년대 후반의 루마니아 공연에서는 덴마크가 동유럽에 있는 전체주의 경찰국가로 묘사되었다. 그리고 2004년에는 런던의 올드 빅 극단에서 햄릿은 동시대의 불안해하면서 신경과민을 경험하고 있는 청소년으로 설정되었

---

59 베이더 마인호프 단체(Baader–Meinhof Group, The Red Army Faction): 1970년에 설립된 서독의 극좌 과격 단체.

다. 런던에서 개최된 2012년 세계 셰익스피어 축제에서 리투아니아 극단의 공연은 재미있기도 하면서 폭력적이고, 본능적이기도 하면서 가벼운, 눈을 뗄 수 없는 다양한 인간 본성을 보여 주고 있다.

"『햄릿』이 무엇에 관한 것이냐?"라는 질문에 답하는 한 가지 방법은 『햄릿』을 어떤 이야기의 극화로 생각하는 것이다. 노르웨이의 포틴브라스가 덴마크를 침공하려고 위협하고 있다. 덴마크의 젊은 왕자 햄릿은 몹시 우울한 상황이다. 최근에 왕이었던 아버지가 신비에 싸인 채 죽었다. 그의 엄마인 거트루드는 햄릿이 싫어하는 숙부인 클로디어스와 성급한 재혼을 했다. 햄릿이 아니라 클로디어스가 왕이 되었다. 햄릿의 아버지가 유령으로 나타나 클로디어스가 자신을 죽였다고 햄릿에게 이야기해 준다. 햄릿은 복수를 계획하고 복수를 위해 미친 척한다. 그러나 햄릿은 그 유령이 진실을 말하고 있는지 아니면 자신에게 나쁜 일을 시키려 유혹하는 악마의 앞잡이인지 확신하지 못한다. 햄릿은 복수를 지연한다. 순회극단의 방문이 그에게 아이디어를 주게 되는데, 클로디어스 앞에서 배우들에게 살인 장면을 공연하게 하는 것이다. 만일 클로디어스가 죄의식을 느끼는 반응을 보이면 유령의 이야기는 사실인 것이다. 그리고 실제로 사건은 그렇게 진행된다.

그러나 햄릿의 미친 행동은 끔찍한 결과를 가져온다. 우리가 생각하기에 그가 사랑했던 젊은 여성인 오필리어를 폭력적으로 모욕한다. 그리고는 엄마와 격렬하게 이야기하는 과정에서 오필리어의 아버지인 폴로니어스를 클로디어스로 착각하고 죽인다. 그 결과로 오필리어는 실제로 미치게 되고 햄릿은 영국으로 추방당하게 된다. 클로디어스는 영국에서 햄릿이 처형되도록 조치하였다. 그러나 햄릿은 해적선을 만나면서 덴마크로 돌아올 기회를 갖게 되고, 돌아와서는 오필리어가 익사한 사실을 알게 된다. 오필리어의 오빠 레어티즈는 결투에서 독 묻은 칼과 독이 든 포도주를 준비해 햄릿을 속여서 죽이기 위해 클로디어스와 음모를 꾸민다. 그들의 계획은 빗나가서, 거트루드가 독배를 마시고 죽는다. 치명적인 상처를 입은 레어티즈는 모든 진실을 밝힌다. 독 묻은 칼에 상처를 입은 햄릿은 클로디어스를 죽이고 자신도 곧 죽게 되고, 포틴브라스가 도착해서 덴마크의 왕이 된다.

그러나 이야기의 이런 간단한 요약이 "『햄릿』이 무엇에 관한 것이냐?"라는 질문에 대한 대답으로는 부적당하다. 일반적으로 질문에 답하기 위해 극의 주제를 설정하게 되는데, 주제란 극을 통해 되풀이되는 생각이나 개념("자연"이나 "감시"와 같은)을 일컫는다. 셰익스피어도 작품을 만들 때 그런 생각에 골몰했을 것이고, 관객을 즐겁게 하고 그들을 사유하게 할 극을 통해 생각이나 개념을 찾아내려고 노력했을 것이다. 주요 주제로는 "개인과 정치와 사회의 관계", "명예와 정의에 관련된 복수", "정신분열과 우울증", "죄와 구원", "연기와 극장", "감금과 책임과 자유", "존재의 본질", "섹슈얼리티" 그리고 이런 주제들 사이의 관계 등을 생각해 볼 수 있다.

2. 정치와 사회

『햄릿』은 덴마크, 노르웨이, 폴란드, 프랑스, 독일과 같이 정치적으로 그리고 문화적으로 서로 연결된 유럽을 배경으로 한다. 엘시노어는 멀리 떨어진 고립된 장소가 아니라 유럽의 정치적, 사회적 생활에 있어서 중요한 전략적인 장소이다. 그곳의 젊은 귀족들은 비텐베르크 대학에서 교육받고, 피비린내 나는 전투로 정복한 영국을 종속국으로 두고 있다(4.3.54-60).

그러나 클로디어스의 덴마크는 안전하지 못하다. 극이 시작되었을 때, 나라는 전쟁 준비로 분주하다. 전쟁 준비에 대한 불안과 긴장감이 "누구냐?"라는 첫 대사부터 감지된다. 군의 규칙에 따르면 프란시스코가 새로운 보초에게 수하를 해야 하는데, 교대를 하는 보초인 바르나도가 실수로 프란시스코에게 수하한다. 유령이 나타났을 때, 유령은 초자연 세계로부터 온 존재다. 그러나 "우리 나라에 어떤 이상한 일이 발생할 전조가 된다"(1.1.69)는 것처럼 유령의 의미는 정치적이다.

극에는 죽은 선조들, 선왕 햄릿과 선왕 포틴브라스의 오래된 봉건 세계의 흔적들이 있다. 그들은 기사도 정신에 따라 진행된 결투에 의해 분쟁의 타협점을 찾았다. 그러나 명예를 존중하는 구시대는 클로디어스의 새로운 시대에 자리를 넘겨줬다. 그는 전쟁을 준비하지만 대사를 급파해서 공식적인 협약을 맺어 영토 분쟁을 해결하는 노련한 협상가, 유능하고 거리낌 없는 책략가의 모습을 보인다. 그는 햄릿이 묘지에서 "신을 교묘히 속이는 정치인"(5.1.67)이라고 욕설을 퍼붓는 그런 종류의 정치인이다.

덴마크의 국민들은 극에 거의 등장하지 않지만, 클로디어스는 점차 국민들을 자신의 통치를 위협하는 존재로 여기게 된다. 국민들은 햄릿을 좋아하거나 레어티즈가 왕이 되기를 요구하는 "이성을 잃은 다수", "오합지졸", "불성실한 덴마크의 개들"이다. 그런 믿을 수 없는 국민들, 특히 햄릿처럼 클로디어스의 권력에 직접적인 위협이 되는 사람들은 철저히 감시를 받아야 한다. 햄릿이 비텐베르크에 돌아가는 것은 위험한 일이기 때문에 클로디어스는 허락하지 않는다. 그는 "여기 우리와 같이 편하고 기분 좋게 있자"(1.2.116)라고 애둘러 말하면서 햄릿을 가까이 두고 감시해야 한다. 그러면서 햄릿을 염탐하기 위해 햄릿의 오랜 친구 두 명을 곧바로 고용한다. 햄릿이 로젠클란츠와 길덴스턴에게 "덴마크는 감옥이야"(2.2.234)라고 말할 때, 그는 단순히 은유적으로 말하는 것이 아니다.

국가의 재상인 폴로니어스는 자신의 국민들을 감시하려는 클로디어스의 욕망을 기꺼이 따르는 앞잡이 역할을 한다. 엘리자베스 1세 시대의 영국에 폴로니어스와 같은 인물인 벌리 경[60]이 있었는데, 그 역시 질서를 유지하기 위해 밀착 감시를 했었다. 벌리가 광범위한 첩보망을 유지한 것처럼, 폴로니어스도 모든 잠재적 반대파들을 비밀리에 엿들으면서 감시해야 한다는 욕망에 사로잡혔다. 그는 자신의 딸을 미끼로 사용하면서 햄릿을 염탐한다. 심지어 자신의 가족도 감시한다. 폴로니어스는 프랑스로 떠나는 레어티즈에게 일상적인 몸가짐에 대해 이야기하지만, 나중에 그는 자신의 아들 뒷조사를 한다. 덴마크에 떠도는 소문이 놀랄 일은 아니다. 폴로니어스가 죽은 후에도 레어티즈의 귀를 오염시킬 소문을 퍼뜨리는 사람들은 사라지지 않는다.

클로디어스 궁정의 질서정연함과 폴로니어스 가정의 단

---

60 벌리 경(William Cecil, 1st Baron Burghley, 1520-1598): 영국의 정치인으로 엘리자베스 여왕 1세(1533-1603)의 통치 대부분 기간 중 선임 고문 역할을 했으며, 두 번의 국무장관(1550-1553, 1558-1572)과 재무장관(1572-1598)을 지냈다.

란한 모습에도 불구하고, 극을 통해 부정과 부패가 커져 간다. 마르셀러스는 "덴마크는 무엇인가 썩어 있다"(1.4.90)라고 말하고, 개인과 사회 생활 내부에 부패의 악취가 점차 언어를 오염시킨다. 햄릿이 보여 주고 오필리어가 겪게 되는 광기는 더 깊어만 가는 부패된 사회의 개인적인 증상이다. 햄릿은 클로디어스, 자신의 엄마와 오필리어의 성욕, 죽음 그 자체 등 다양한 대상을 향해 혐오를 표출한다. 햄릿은 "악취 나는 행동", "구더기", "썩어 가는 고기", "(동물의) 내장", "악취가 나는 부패", "속을 갉아먹는", "궤양에(부패한) 걸린 곳", "잡초를 뽑지 않은 정원"과 같은 단어들을 사용하면서 덴마크에 퍼지고 있는, 더욱 악화되고 있는 사회의 타락을 반영한다. 외면이 아무리 문명화됐을지라도, 경찰국가의 일상적인 억압은 자연스런 사회의 상호작용을 방해한다.

극에서 두 여성은 성 착취의 가부장적 사회에서 오직 볼모일 뿐이다. 거트루드는 클로디어스에 의해 "아내로 취해졌다". 그가 덴마크를 차지했던 것처럼, 그는 그녀의 몸을 자기 소유화했다. 그녀에게 실제 권력은 없다. 왕과 왕자, 남편과 아들이 소유하려고 싸우는 소유물 개념에 불과하다. 오필리어는 심지어 남성들에 의해 더 심하게 다뤄지는 대상이다. 그녀의 오빠는 그녀의 성 생활을 통제하면서 그녀에게 충고한다. 그녀의 아버지는 "내가 나의 딸을 그에게 풀어놓을 게요"(2.2.160)라고 말하면서 염탐을 위한 올가미의 미끼로 그녀를 사용한다. 햄릿은 그녀에게 여성 혐오의 언행을 서슴지 않는다. 덴마크 남성의 잔인성이 오필리어를 사실상 미치게 했다.

깊이 생각하며 자문하는 햄릿은 르네상스 시대의 왕자이면서 현대인이기도 하다. 햄릿은 죄와 구원에 대해 관심을 두고 있었는데, 이 사실은 햄릿이 종교가 통제의 도구로 사용된 봉건 세계의 결과물이라는 것을 보여 준다. 그러나 그의 사고 방식은 진정한 한 개인으로서의 그를 두드러지게 만든다. 그는 이 변화하는 세계에 갇혀 모순에 빠져 있다. 햄릿은 "인간이란 얼마나 완벽한 창조물인가!"(2.2.286)라고 말할 수도 있고, 무관심하게 로젠클란츠와 길덴스턴을 죽게 만들 수도 있다.

클로디어스에 대한 햄릿의 피의 복수는 정의와 복수를 위한 한 개인의 열망일 뿐만 아니라 클로디어스가 선왕 햄릿을 정치적으로 암살한 것처럼 정치적 권력을 위한 투쟁이기도 하다. 이런 정치적 투쟁은 셰익스피어 시대 영국의 불안한 상황을 반영해 주고 있다. 엘리자베스의 통치는 겉으로는 견실하고 안정적인 것처럼 보였으나 귀족들의 심한 당쟁으로 전복의 위협 아래에 있었다. 극의 결말 부분에서 포틴브라스와 그의 군대가 나라를 넘겨 받게 된다. 이것은 자비로운 지도자에 의해 회복된 질서를 보여 주는 가정 비극의 평화로운 결말이 아니다. 차라리 이것은 작지만 군사적으로 강력한 소수 집단이 국가 차원에서 우세하다는 것을 보여 주는 폭력적인 사회의 현실 정치[61]를 기조에 담고 있다.

햄릿이 궁극적으로 얻게 되는 죽음의 평화는 사적인 성취를 나타내지만, 정치적으로는 무의미하고 헛된 상황이다. 죽음과 타협을 하는 그런 방식은 덴마크의 정치, 사회생활의 가혹한 현실을 감추는 햄릿의 나약한 굴복으로 보여진다.

---

[61] 현실 정치(realpolitik): 이론적인 개념보다는 현실적인 혹은 물리적인 이유에 근거한 정치.

3. 복수와 복수극

오늘날 많은 사람들은 복수가 법을 따르지 않기 때문에 복수를 비도덕적이라 생각한다. 심히 비사회적 행위로 간주된다. 그러나 복수란 매우 인간적인 충동이다. 나의 가족이나 나에게 해를 입힌 사람에 대해서 보복을 가하는 것이다. 복수란 구약 성경의 "눈에는 눈, 이에는 이"의 구절을 실천하는 것이다. 예를 들어 복수는 시칠리아 마피아의 복수와 같이 아직도 명예를 중시하는 어떤 형법에 있어서는 핵심적이다.

셰익스피어 시대에 복수는 법적으로 범죄에 해당하고 물론 비종교적인 행위이다. 16세기 후반 교회법에 따르면 복수는 죄악이다. 복수하는 사람의 영혼은 저주 받아서 지옥에서 영원한 고통을 겪게 된다. 이런 생각이 극의 많은 부분에서 햄릿을 사로잡고 있다.

셰익스피어와 동시대인이었던 프란시스 베이컨은 복수를 "일종의 야만적 정의"라 정의했는데, 복수 비극은 셰익스피어가 극작 활동을 시작했을 때 인기가 상당했다. 복수극의 중심 인물은 악행의 원수를 갚으려 하는 영웅(혹은 악한)이었다. 엘리자베스 시대의 극작가들은 광기, 우울, 보복과 같은 장치를 주로 사용했다. 햄릿이 공연되기 10년 전에 열광적인 관객들은 토마스 키드의 「스페인 비극」, 크리스토퍼 말로의 「몰타의 유대인」, 셰익스피어의 「타이터스 앤드로니커스」를 보기 위해 몰려들었다.

셰익스피어도 물론 덴마크 왕자, 앰리스Amleth에 관한 12세기 복수 이야기를 알고 있었다. 동생이 왕을 죽이고 형수와 결혼한다. 아들인 앰리스는 복수하기 위해 미친 척한다. 그는 숙부의 염탐꾼들 중 한 명을 죽이고, 왕의 하수인 두 명이 영국에서 처형되도록 편지를 위조하면서 마침내 숙부를 죽이고 왕이 된다. 엘리자베스 시대 복수 비극의 전형적인 구성 요인들은 우울증에 걸린 영웅·복수자, 망설이는 복수자(망설임이 없다면 극은 너무 일찍 끝날 것이다), 복수를 통해 살해될 악한, 복잡한 음모, 살해와 물리적인 공포, 극중극, 복수를 위한 열정과 관계된 성적인 집착과 탐욕, 복수를 요구하는 유령, 진짜 혹은 거짓 광기, 복수자의 죽음 등이다. 극들은 보통 이탈리아나 스페인을 배경으로 하고 있으나 엘리자베스 시대의 작가들은 극의 광범위한 주제들을 그들 자신의 세계에 연결시켰다. 전형적인 복수 비극의 구성은 보통 복수를 위한 동기를 제공해 주는 유령에 의한 제시exposition, 복수의 자세한 계획이 수립되는 기대anticipation, 복수자와 의도된 희생자 사이의 직면confrontation, 복수자가 살해를 망설이는 지연delay, 종종 복수자의 죽음과 함께 복수의 완성completion과 같이 다섯 부분으로 이루어져 있다.

『햄릿』에는 네 개의 복수 이야기가 있다. 햄릿은 클로디어스에 의해 살해당한 아버지의 죽음에 대한 복수를 맹세한다. 레어티즈는 햄릿에 의해 살해당한 아버지의 죽음에 대한 복수를 맹세한다. 포틴브라스는 선왕 햄릿에 의해 살해당한 아버지의 죽음에 대한 복수를 하려고 한다. 복수를 하려는 또 다른 아들은 극중극에 나오는 피러스다. 피러스는 아버지 아킬레스의 복수를 위해 프라이엄을 죽인다.

4. 광기와 우울증

오늘날 의학계에 종사하는 전문가들은 "미친"이나 "광

기"와 같은 단어들을 거의 사용하지 않는다. 대신에 그들은 "조울증", "조현병", "신경쇠약으로 고통받기", "정신질환자", "정서장애", "정신질환"과 같은 표현들을 사용한다. 셰익스피어 시대의 관중들은 "미친"이란 단어를 사용하는 데 있어서 마음의 꺼림칙함을 거의 느끼지 않았다. 사람이 미쳤다고 여겨지면 악령이 들었다고 생각해서 보호 시설에 감금했는데, "미친" 남자나 여자의 행동을 관람하기 위해 놀이 삼아 그런 장소를 방문하곤 했다.

광기는 복수 비극에서 볼 수 있는 전통 장치들 중 하나였다. 전통에 따라 햄릿은 "미친 짓을 하기"로 계획 세운다 (1.5.172). 그때부터 계속 햄릿이 미친 흉내를 내는지 아니면 진짜로 서서히 미쳐 가는지에 대한 질문으로 비평가와 관객들이 나뉘게 된다. 모든 공연이 이 문제를 새롭게 조명한다. 일부 햄릿의 행동, 특히 3막1장에서 오필리어에게 퍼붓는 폭력적인 대사 "수녀원으로 가시오"는 극단적이다. 오필리어의 "고귀한 영혼은 어떻게 저렇게 타락해 버렸는가!" 하는 비탄은 그녀가 경험했던 상황을 잘 표현해 주고 있고, 그녀는 햄릿이 "광기로 인해 타락했다"고 생각한다. 그러나 햄릿의 행동에 대한 그녀의 앞선 묘사, "그의 셔츠처럼 창백하고, 그의 무릎을 덜덜 떨며"(2.1.79)는 햄릿이 무슨 연기를 하고 있는 사람처럼 보이게 만든다. 그러나 레어티즈와의 결투를 준비하고 있을 때, 햄릿은 진지하게 사과하면서 "그의 광기가 불쌍한 햄릿의 적이지요"(5.2.211)라고 말하며 자신이 진짜 미쳤다고 주장한다. 극에서 의심할 여지 없이 정신 분열을 경험하고 있는 인물은 오필리어다. 4막5장에서 볼 수 있는 오필리어의 두 번의 미친 장면은 감동적이면서도 기괴하다. 그녀 아버지의 죽음에 대한 충격으로 정신이상을 겪게 되는데, 그녀의 노래는 순수함과 성욕, 제정신과 정신분열의 교묘한 혼합을 보여 준다.

5. 죄와 구원

셰익스피어 시대에 지옥과 영원한 파멸이라는 위협은 오늘날보다 훨씬 더 예민하게 느껴졌다. 대부분 엘리자베스 시대 사람들은 자신의 종교와 영혼의 상태에 무척 신경썼다. 그들은 사후에 자신들에게 무슨 일이 발생할지에 대해 집착했는데, 세 개의 가능성 중에 하나가 자신들을 기다리고 있다고 믿었다. 만일 그들이 자신의 죄를 고백하고 은혜로운 상태에서 죽는다면, 그들은 천국에 가서 영원한 평화를 누리게 될 것이다. 만일 죄를 고백하지 않고 용서 받지 못하면, 그들은 지옥에 가서 영원한 고통을 겪어야 한다. 세 번째 가능성은 완전한 고백을 하지 않은 사람들이 가게 될 연옥인데, 그곳에서 그들은 자신들의 고백하지 않은 죄가 제거될 때까지 고통을 겪게 된다. 어떤 상태에서 죽든지 자살은 지옥행이다.

『햄릿』은 내세에 대한 이런 강박 관념을 파헤친다. 자신의 첫 번째 독백에서 "이 더럽고 더러운 육체는 녹아 없어져라"고 말하며 햄릿은 죽음의 평온을 갈망한다. 그러나 "신이 자살을 금지하는 법을 만들지 않았더라면" 하고 신이 자살을 금지했다는 것을 깨닫는다. 그의 "사느냐, 죽느냐" 독백에서도 그는 사후의 불확실에 대해 골똘히 생각한다. 우리에게 삶의 압박을 참고 견디게 만드는 것은 "사후 세계의 두려움"(3.1.56-82)이다.

극의 후반부에서 무덤 파는 사람들이 자살은 일반적으

로 교회 부속 묘지에서 교회장의 의식을 받을 수 없다는 이야기를 할 때, 자살에 대한 종교적 관점의 중요성이 강조된다. 5막에서 신부가 "그녀의 죽음이 미심쩍었소"라고 말한 것처럼 오필리어는 자살했다고 생각되기 때문에 완전한 교회장의 의식을 받을 수 없다. 그녀의 장례식에서 신부는 클로디어스의 명령이 아니었다면 오필리어는 "엄숙한 예배"를 받지 못하고 자살에 합당한 "돌팔매질을 당해야 한다"고 말한다. 이것이 자살에 대한 교회의 공식적인 입장인 것이다.

유령은 "과거의 죄를 속죄할 때까지 연옥의 불구덩이에 갇혀 있다"(1.5.11-13)고 설명하면서 자신이 연옥에서 어떻게 고통받고 있는지 말해 준다. 유령은 자신의 죄를 고백할 기회도 없이 살해당했기 때문에, 그는 신의 허락을 받아 천국에 가기 전까지 고통을 겪어야만 한다. 그러나 햄릿은 "네가 착한 유령인지 아니면 저주 받은 악마인지"(1.4.40)라고 말하면서 유령의 진실성에 대해 확신하지 못한다.

유령을 믿어야 할지 말아야 할지에 대한 의문이 햄릿을 계속 힘들게 한다. 이것은 어떤 유령들은 호의적이지만, 어떤 유령들은 사악해서 인간을 유혹해 나쁜 행동을 사주하고 저주를 받게 해서 사후에 지옥에서 고통 받게 만든다는 엘리자베스 시대의 관점을 반영한다. 햄릿은 그가 본 것이 "나를 유혹해 저주 받게 할" 악마가 아닌지 두려워한다.

유령이 자신의 영혼을 영원한 파멸로 몰아넣기 위해 보내진 "저주받은 유령"인지 아닌지 시험하기 위해 햄릿은 "왕의 양심을 알아보기" 위한 희망으로 연극을 고안해 낸다. 클로디어스가 「쥐덫」을 보고 죄의식을 느끼는 반응을 드러냈을 때, "유령의 말이 진실이었다는 것이 틀림없네"(3.2.260-261)라고 말하며 햄릿은 유령이 진실을 말했다는 것을 확신한다. 그리고 극의 마지막 장에서 햄릿은 하늘이 자신을 인도하고 있다는 신념을 피력한다(5.2.10-11).

다수의 비평가들은 기도하고 있는 클로디어스를 발견했을 때 햄릿의 생각을 혹평하기도 한다. 비평가들의 부정적 평가로 햄릿의 대사(3.3.73-96)는 공연에서 삭제되거나 햄릿의 진심이 담긴 표현이 아니고 단순히 복수를 지연하기 위한 변명으로 해석되었다.

6. 공연장에서 「햄릿」

「햄릿」은 항상 인기 있는 연극이었다. 1601년쯤에 쓰여진 이후, 「햄릿」은 세계 어딘가에서 항상 공연되고 있을 정도다. 심지어 1608년에는 시에라리온 공화국의 해안에서 멀리 떨어진 배에서도 공연된 기록이 있다. "죽느냐, 사느냐"와 같은 대사는 연극을 안 본 사람들에게조차도 너무나 익숙해져 있다. 그러나 시대에 따라 본문이 삭제되고, 변경되고, 첨가 되기도 했다. 400년 이상 동안 관객들은 매우 다른 버전의 「햄릿」을 관람해 오고 있다. 예를 들어서, 18-19세기에 포틴브라스는 대부분 공연에서 등장하지 않았다. 이런 전통은 여전히 현대 공연에도 영향을 미치고 있어서 공연은 종종 "나머지는 침묵"이라는 햄릿의 마지막 대사와 죽음으로 막을 내린다.

유명한 18세기 배우이자 매니저인 데이빗 개릭의 예가 "믿을 만한" 「햄릿」과 같은 것은 없다는 것을 보여 준다. 개릭은 햄릿을 진심으로 숭고한 왕자로 묘사해서 극을 순수 개념의 비극으로 만들길 원했다. 따라서 개릭은 햄릿의 영웅 이미지를 손상시키는 내용들은 모두 삭제했는데, 그가 "5막의 쓰레기"라 부르던 오필리어의 장례식과 무덤 파는 사람들의 장면들도 삭제했다. 개릭의 관객들은 햄릿이 어떻게 로젠클란츠와 길덴스턴을 죽게 했는지 모르고, 햄릿이 클로디어스가 지옥에서 고통 당하기를 바라면서 말한 "이제 복수를 할 수 있겠네"란 대사도 들을 수 없었다. 개릭은 두 장면이 햄릿의 고귀한 성품을 갉아먹는다고 생각했다. 레어티즈는 칼 끝에 독을 바르지 않고, 클로디어스도 포도주에 독을 넣지 않았다. 거트루드는 죄책감으로 정신 분열을 일으켜 무대 밖에서 죽었다. 포틴브라스는 등장하지 않고 레어티즈는 죽지 않고 호레이쇼와 함께 덴마크를 통치했다.

19세기의 공연은 보통 햄릿을 낭만적으로 해석해서 복수를 빨리 실행하지 못하는 분별 있고, 지적이며 민감한 왕자로 연출했다. 배경은 역사적으로 정확한 엘시노 성의 모습을 보여 주려 했다. 예를 들어, 1814년부터 1833년 사이에 햄릿 역을 맡았던 에드먼드 킨은 무운시의 많은 부분을 삭제하고 산문으로 대체했다. 그는 유령을 공포보다는 호의적인 태도로 대했다. 그는 또한 오필리어도 반감보다는 부드러움으로 대했다. 미국에서는 에드윈 부스가 1857년에 뉴욕에 있는 버튼스 시어터 공연에서 햄릿 역을 했는데, 당시에 인기가 있었던 낭만적인 방식을 피하고 확실하게 내성적이고 온화한 방식으로 공연을 했다.

현대 공연에서는 점차적으로 햄릿을 불안하고 소외된 인물로 묘사하고 사실주의적인 배경을 포기하고 좀 더 "상징적"이거나 최소화된 배경을 선호하고 있는데, 이것은 셰익스피어가 글로브 시어터에서 사용한 기법이다. 극에서 햄릿에 대한 첫 언급은 "젊은 햄릿"이란 내용인데, 무덤 파는 사람에 따르면 햄릿의 나이는 서른 살쯤 된다. 그러나 400년 넘게 다양한 나이의 배우들이 햄릿 역을 맡아 오고 있다. 1601년에 햄릿 역을 처음으로 맡게 된 리차드 버비지는 당시 서른네 살이었고, 다른 배우들도 마흔이 넘어서 햄릿 역을 하게 됐다. 프랑스 여배우 사라 베르나르는 쉰여섯에 햄릿 역을 했고, 18세기에 토마스 베터톤은 일흔이 넘어서 햄릿 역을 했다.

[세창명저산책]

세창명저산책은 현대 지성과 사상을 형성한 명저들을 우리 지식인들의 손으로 풀어쓴 해설서입니다.

001 들뢰즈의 『니체와 철학』 읽기 · 박찬국

002 칸트의 『판단력비판』 읽기 · 김광명

003 칸트의 『순수이성비판』 읽기 · 서정욱

004 에리히 프롬의 『소유냐 존재냐』 읽기 · 박찬국

005 랑시에르의 『무지한 스승』 읽기 · 주형일

006 『한비자』 읽기 · 황준연

007 칼 바르트의 『교회 교의학』 읽기 · 최종호

008 『논어』 읽기 · 박삼수

009 이오네스코의 『대머리 여가수』 읽기 · 김찬자

010 『만엽집』 읽기 · 강용자

011 미셸 푸코의 『안전, 영토, 인구』 읽기 · 강미라

012 애덤 스미스의 『국부론』 읽기 · 이근식

013 하이데거의 『존재와 시간』 읽기 · 박찬국

014 정약용의 『목민심서』 읽기 · 김봉남

015 이율곡의 『격몽요결』 읽기 · 이동인

016 『맹자』 읽기 · 김세환

017 쇼펜하우어의
　　　『의지와 표상으로서의 세계』 읽기 · 김 진

018 『묵자』 읽기 · 박문현

019 토마스 아퀴나스의 『신학대전』 읽기 · 양명수

020 하이데거의 『형이상학이란 무엇인가』 읽기
　　　　　　　　　　　　　　　　 · 김종엽

021 원효의 『금강삼매경론』 읽기 · 박태원

022 칸트의 『도덕형이상학 정초』 읽기 · 박찬구

023 왕양명의 『전습록』 읽기 · 김세정

024 『금강경』 · 『반야심경』 읽기 · 최기표

025 아우구스티누스의 『고백록』 읽기 · 문시영

026 네그리 · 하트의 『제국』 · 『다중』 · 『공통체』
　　읽기 · 윤수종

027 루쉰의 『아큐정전』 읽기 · 고점복

028 칼 포퍼의 『열린사회와 그 적들』 읽기
　　· 이한구

029 헤르만 헤세의 『유리알 유희』 읽기 · 김선형

030 칼 융의 『심리학과 종교』 읽기 · 김성민

031 존 롤즈의 『정의론』 읽기 · 홍성우

032 아우구스티누스의 『삼위일체론』 읽기
　　· 문시영

033 『베다』 읽기 · 이정호

034 제임스 조이스의
　　『젊은 예술가의 초상』 읽기 · 박윤기

035 사르트르의 『구토』 읽기 · 장근상

036 자크 라캉의 『세미나』 읽기 · 강응섭

037 칼 야스퍼스의 『위대한 철학자들』 읽기
　　· 정영도

038 바움가르텐의 『미학』 읽기 · 박민수

039 마르쿠제의 『일차원적 인간』 읽기 · 임채광

040 메를로-퐁티의 『지각현상학』 읽기 · 류의근

041 루소의 『에밀』 읽기 · 이기범

042 하버마스의 『공론장의 구조변동』 읽기
　　· 하상복

043 미셸 푸코의 『지식의 고고학』 읽기 · 허 경

044 칼 야스퍼스의 『니체와 기독교』 읽기 · 정영도

045 니체의 『도덕의 계보』 읽기 · 강용수

046 사르트르의 『문학이란 무엇인가』 읽기
　　· 변광배

047 『대학』 읽기 · 정해왕

048 『중용』 읽기 · 정해왕

049 하이데거의
　　「"신은 죽었다"는 니체의 말」 읽기 · 박찬국

050 스피노자의 『신학정치론』 읽기 · 최형익

051 폴 리쾨르의 『해석의 갈등』 읽기 · 양명수

052 『삼국사기』 읽기 · 이강래

053 『주역』 읽기 · 임형석

054 키르케고르의 『이것이냐 저것이냐』 읽기
　　· 이명곤

055 레비나스의 『존재와 다르게—본질의 저편』
　　읽기 · 김연숙

056 헤겔의 『정신현상학』 읽기 · 정미라

057 피터 싱어의 『실천윤리학』 읽기 · 김성동

058 칼뱅의 『기독교 강요』 읽기 · 박찬호

059 박경리의 『토지』 읽기 · 최유찬

060 미셸 푸코의 『광기의 역사』 읽기 · 허 경

061 보드리야르의 『소비의 사회』 읽기 · 배영달

062 셰익스피어의 『햄릿』 읽기 · 백승진

· 세창명저산책은 계속 이어집니다.